新潮文庫

つゆのあとさき・カッフェー一夕話

永井荷風著

新潮社版

11993

目次

つゆのあとさき・カッフェー一夕話（いっせきわ）

つゆのあとさき

一

女給の君江は午後三時からその日は銀座通のカッフェーへ出ればよいので、市ヶ谷本村町の貸間からぶらぶら堀端を歩み見附外から乗った乗合自動車を日比谷で下りた。そして鉄道線路のガードを前にして、場末の町へでも行ったような飲食店の旗ばかりが目につく横町へ曲り、貸事務所の硝子窓に周易判断金亀堂という金文字を掲げた売卜者をたずねた。

去年の暮あたりから、君江は再三気味のわるい事に出遇っていたからである。同じカッフェーの女給二、三人と歌舞伎座へ行った帰り、シールのコートから揃いの大島の羽織と小袖から長襦袢まで通して袂の先を切られたのが始まりで、その次には真珠入り本鼈甲のさし櫛をどこで抜かれたのか、知らぬ間に抜かれていたことがある。掏摸の仕業だと思えばそれまでの事であるが、またどうやら意趣ある者の悪戯ではないかという気がしたのは、その後猫の子の死んだのが貸間の押入に投入れてあった事である。君江はこの年月随分みだらな生活はして来たものの、しかしそれほど人から怨を受けるような悪いことをした覚えは、どう考えてみてもない。初めは唯不思議だとばかり、さして気にも留めなかったが、ついこの頃、『街巷新聞』といって、重に銀座辺の飲食店やカッフェーの女の噂をかく余り性の好くない小新聞に、君江が今日まで誰も知ろうはずがないと思っていた事が出ていたので、どうやら急に気味がわるくなって、人に勧められるがまま、まず卜占をみてもらおうと思ったのである。

『街巷新聞』に出ていた記事は誹謗でも中傷でもない。むしろ君江の容姿をほめたたえた当り触りのない記事であるが、その中に君江さんの内腿には子供の時から黒子が一つあった。これは成長してから浮気家業をするしるしだそうだが、果してその通り、女給さんになってから黒子はいつの間にか増えて三つになったので、君江さんは後援者が三人できるのだろうと、内心喜んだり気を揉んだりしているという事が書いてあった。君江はこれを読んだ時、何だか薄気味のわるい、誠にいやな心持がした。左の内腿に初めは一つであった黒子がいつとなく並んで三つになったのは決して虚誕でない。全くの事実である。自分でそれと心づいたのは去年の春上野池の端のカッフェーに始めて女給になってから、暫くして後銀座へ移ったころである。それを知っているのはまだ女給にならない前から今もって関係の絶えない松崎という好色の老人と、上野のカッフェー以来とやかく人の噂に上る清岡進という文学者と、まずこの二人しかないはずである。黒子のある場所が他とはちがって親兄弟でも知ろうはずがない。風呂屋の番頭とてそこまでは気がつくまい。黒子の有無は別にどうでもよい事であるが、風呂屋の番頭さえ気のつかない事を、どうして新聞記者が知っていたのだろう。君江はこの不審と、去年からの疑惑とを思合せて、これから先どんな事が起るかも知れないと、急に空おそろしくなって、今まで神信心は勿論、お御籤一本引いたことのない身ながら、突然占いを見てもらう気になったのである。

アパートメントの一室を店にしている新時代の売卜者は年の頃四十前後、口髭を刈り洋服を着、鼈甲のロイド眼鏡をかけ、デスクに凭れて客に応対する様子は見たところ医者か弁護士と変りはない。省線電車の往復するのが能く見える硝子窓の上には「天佑平八郎書」とした額を掲げ、壁には日本と世界の地図とを貼り、机の傍の本箱には棚を殊にして洋書と帙入の和本とが並べてある。

君江は薄地の肩掛を取って手に持ったまま、指示された椅子に腰をかけると、洋装の売卜者はデスクの上によみかけの書物を閉じ廻転椅子のままぐるりとこちらへ向直って、

「御縁談ですか。それとも大体にお身の上の吉凶を見ましょうか。」とわざとらしく

笑顔をつくる。君江は伏目になって、

「別に縁談というわけでも御在ません。」

「では、まず大体の事から拝見しましょう。」と易者はあたかも婦人科の医者が患者の容態をきくように、なりたけ気がねをさせまいと苦心するらしい砕けた言葉づかいになり、「占いも見つけると面白いものと見えまして、いろいろなお客様がお出になります。毎朝会社のお出かけにお寄りになって、その日その日の吉凶を見る方もあります。しかしむかしから当るも八卦、当らぬも八卦という事がありますから、凶の卦に当ってもあまりお気におかけなさらん方がよいです。お年はおいくつでいらっしゃいます。」

「丁度で御在ます。」

「それでは子の年でいらっしゃいますな。それからお生れになったのは。」

「五月の三日。」

「子の五月三日。さようですか。」と易者はすぐに筮竹を把って口の中で何か呟きながらデスクの上に算木を並べ、「お年廻りは離中断の卦に当ります。しかし文字通り易の釈義を申上げても廻遠くて要領を得ない事になりましょうから、わたくしの思いついた事だけを手短に申上げて見ましょう。大体を申上げると、この離中断の卦に当る方は男女に限らず親兄弟にはなれ友達も至って少く一人で世を渡る傾きがあります。それにあなたのお生れになった月日から見ますと、遊魂巽風の卦に当ります。これは一時お身の上に変った事が起っても、その変った事が追々元の形に立戻るという卦であります。この卦から考えて見ますと、現在のお身の上は一時変った事の起った後、追々もとのようになって行こうという間のように思われます。天気に譬えて申上げれば暴風のあった後、その名残りがなかなか静まらない。しかし追々静になって、やがてもとの天気になろうというその途中だと申したらよいでしょう。」

君江は膝の上に肩掛を弄びながらぼんやり易者の顔を見ていたが、その判断は全くその身に覚えがない事ではない。どこか当っている処があるので、何となく気まりのわるいような心持で再び伏目になった。一時身の上に変った事があったと言うのは、大方両親の意見をきかず家を飛出し、東京へ来て、とうとう女給になった事だろうと思ったのである。

君江が家を出たわけは両親はじめ親類中挙って是非にもと説き勧めた縁談を避けようがためであった。君江の生れた家は上野停車場から二時間ばかりで行かれる埼玉県下の丸円町にあって、その土地の名物になっている菓子をつくる店である。君江は小学校の友達の中で、一時牛込の芸者になり、一年たつかたたぬ中身受をされて、人の妾(めかけ)になっていた京子という女と絶えず往来(ゆきき)をしていたので、田舎者の女房などになる気はなく、家を逃げ出してそのまま京子の家に厄介になった。田舎から迎いの人が来て、二、三度連れ戻されてもまたすぐ飛出す始末。親たちも困りぬいて、君江の我儘(わがまま)を通させ銀行か会社の事務員になる事を許した。

君江は京子の旦那(だんな)になっている川島という人の世話で、間もなく或(ある)保険会社に雇われたものの、これは一時実家へ対しての申訳(もうしわけ)に過ぎないので、半年とはつづかず、その後はぶらぶら京子の家に遊んで日を暮している中(うち)、突然京子の旦那は会社の金を遣込(つかいこ)んだ事が露見して検事局へ送られる。京子は芸者に出ていた頃のお客をそのまま妾宅(しょうたく)へ引込(ひきこ)み、それでも足りない時は知合いの待合(まちあい)や結婚媒介所を歩き廻って、結句何不自由もなく日を送っているのを、傍(そば)で見ている君江もいつかこれをよい事にしてその仲間にはいった。しかし何分にもその筋の検挙がおそろしいので、京子はもとの芸者になろうと言出(いいだ)す。君江もともども芸者はどんなものか一度はなって見たいと思いながら、鑑札を受ける時所轄(しょかつ)の警察署から実家へ問合せの手続をする規定のある事を知って、やむことをえず女給になった。

京子は田舎の家へ仕送りをしなければならぬ身であるが、君江はそんな必要がない。田舎に育っただけそれほど流行(はやり)の物に身を飾る心もなければ、芝居や活動のような興行物も、人から誘われないかぎり、自分から進んで見に行こうとはしない。小説だけは電車の中でも拾い読みをするほどであるが、その他には自分でも何が好きだかわからないと言っている位で、結局貸間の代と髪結銭さえあれば、強いて男から金など貰う必要がない。金などは貰わずに、随分男のいうままになってやった事もあるほどなので、君江は今までいかほど淫恣な生活をして来ても、人からさほど怨を受けるようなはずはないと思い込んでいる。占者の説明を待って、

「それでは今のところ別にたいして心配するようなことはないんで御在ますね。」

「御健康はいかがです。現在別に御わるいところがないのなら、無論近い将来にもさして病難があるとは思われません。現在は唯今も申上げたように波瀾のあった後むしろ無事で、いくらか沈滞というような形もあります。御自分ではお気がつかないでいらっしゃるかも知れませんが、何かしら不安で、おちつかないような気がなさるのかも知れません。しかし易の卦では唯今申上げたように一時の変動が追々静まって行くのですから、これから先たいした事件が起ろうとは思われません。しかし何か御心配な事があって、その事をどうしたらいいかと思召すなら、その特別な事について、もう一度見直しましょう。それで大抵お心当りがつくだろうと思います。」と易者は再び筮竹を取り上げた。

「実はすこし気にかかる事が御在まして。」と君江は言いかけたが、まさかに黒子の事は明らさまには言出しにくいので、「自分には別に覚がないんですけれど、誰かわたくしの事を誤解している人がありはしないかと思うような事が御在ます。」

「はい。はい。」と易者は仔細らしく眼を閉じて再び筮竹を数え算木を置き直して、

「なるほど。この卦は物に影の添う事を意味します。して見ると、何か御自分でいろいろ思いすごしをなさるのですな。それがためない事もあるように思われて来ます。唯今の言葉で申すと幻影と実体ですな。物があって影の生ずるのが自然でありますが、時と場合には、それとは反対に影から物の起ることもあります。それ故まず影をなくすようになされば、自然と物事は落つく処へ落ついて行くわけで。そういう御心持でいらっしゃれば、別に御心配には及ばないと思います。」

　君江は易者のいう事を至極尤だと思うと、自分ながらつまらない事を気に掛けていたと、忽ち心丈夫な気になってしまった。それでもまだ何やらきいて見たいような心持がしながら、しかしあまり微細な事まで問掛けて、それがため現在の職業はまだしもの事、二、三年前京子と二人で待合や媒介所を歩き廻った事まで知られてはと、底気味のわるい心持もする。猫の死骸や櫛のなくなった事もきいて見ようとは心づきながら、カッフェーへ行く時間が気になるので、今日はこのまま立去ろうと考え、

「失礼ですが、御礼は。」といいながら帯の間へ手を入れる。

「壱円いただく事にしてありますが、いかほどでも思召しで宜しいのです。」

出入口の戸があいて、洋服の男が二人無遠慮に君江の腰をかけているすぐ側の椅子に坐ったのみならず、その一人はぎょろりとした眼付の、どうやら刑事かとも思われる様子に、君江は横を向いたまま椅子から立って、易者にも挨拶せず、戸を明けて廊下へ出た。

建物を出ると、おもては五月はじめの晴れ渡った日かげに、日比谷公園から堀端一帯の青葉が一層色あざやかに輝き、電車を待つ人だまりの中から流行の衣裳の翻えるのが目に立って見える。腕時計に時間を見ながら、君江はガードの下を通りぬけて、数寄屋橋のたもとへ来かかると、朝日新聞社を始め、おちこちの高い屋根の上から広告の軽気球があがっているので、立留る気もなく立留って空を見上げた時、後から君江さんと呼びながら駆け寄る草履の音。誰かと振返れば去年池の端のサロンラックで一緒に働いていた松子という年は二十一、二の女で。その時分にくらべると着物も姿もずっと好くなっている。君江は同じ経験からすぐに察して、

「松子さん。あなたも銀座。」

「ええ。いいえ。」と松子は曖昧な返事をして、「去年の暮、暫くアルプスにいたのよ。

それから遊んでいたの。だけれどまたどこかへ出たいと思って実はこれから五丁目のレーニンっていう酒場。君江さんも御存じでしょう。あの時分ラックにいた豊子さんがいるから、ちょっと様子を見て来ようと思っているの。」

「そう。あなた、アルプスにいたの。ちっとも知らなかったわ。わたしはあれからずっとドンフワンにいるわ。」

「この春だったか、アルプスでお客様から聞いたことがあったわ。お逢いしたいと思ってもつい時間がないでしょう。あの、先生もお変りがなくって。」

君江は小説家清岡進の事にちがいないとは思いながら、数の多いお客の中には、弁護士の先生もあれば、医者の先生もあるので、それとなく念を押すに若くはないと、

「ええ。この頃は新聞の外に映画や何かで大変おいそがしいようだわ。」

松子はこれを何と思いちがいしたのか、「アラ、そう。」といかにも感に打たれたらしく深く息を呑んで、「男はいざとなると薄情ねえ。わたしもいい経験をしたのよ。だから今度は大に発展してやろうと思ってるのよ。」

君江は心の中で高が五人か十人、数の知れた男の事を大層らしく経験だの何だのと言うにも及ぶまいと、可笑しくなって来て、からかい半分、わざと沈んだ調子になり、

「あの先生には立派な奥様はあるし、スターで有名な玲子さんがあるし、わたし見た

ような女給なんぞは全く一時的の慰み物だわ。」

　橋を渡ると、人通りは尾張町へ近くなるに従って次第に賑かになる。それにもかかわらず松子は正直な女と見えて、忽激した調子になり、「だって、玲子さんが結婚したのは、先生が君江さんを愛したためだっていう評判よ。そうじゃないの。」

　君江はあたりを憚らぬ松子の声に辟易して、「松子さん。その中ゆっくり会って話しましょうよ。何なら、ちょっとお寄んなさいな。ドンフワンでも募集しているから紹介してもいいわ。」

「あすこは今幾人いて。」

「六十人で、三十人ずつ二組になっているのよ。掃除はテーブルも何もかも男の人がするから、それだけ他よりも楽だわ。」

「一日に幾番くらい持てるの。」

「そうねえ。この頃じゃ三ツ持てればいい方だわ。」

「それで、綺羅を張ったら、かつかつねえ。自動車だって一度乗ると、つい毎晩になってしまうし……。」

　君江はこまこました世智辛いはなしが出ると、他人の事でもすぐに面倒でたまらなくなる。それにまた、金なんぞはだまっていても無理やりに男の方から置いて行くものと思っているので、人込の中に隔てられたまま松子の方には見向きもせず、日の光に照付けられた三越の建物を眩しそうに見上げながら、すたすた四辻を向側へと横ぎってしまったが、少しは気の毒にもなって、後を振返って見ると、松子は以前の処に立止ったまま、挨拶のしるしに遠くからちょっと腰をかがめ、それでもう安心したという風で、これも忽ち人通りの中に姿を没した。

二

松屋呉服店から二、三軒京橋の方へ寄ったところに、表附は四間間口の中央に弧形の広い出入口を設け、その周囲にＤＯＮＪＵＡＮという西洋文字を裸体の女が相寄って捧げている漆喰細工。夜になると、この字に赤い電気がつく。これが君江の通勤しているカッフェーであるが、見渡すところ殆ど門並同じようなカッフェーばかり続いていて、うっかりしていると、どれがどれやら、知らずに通り過ぎてしまったり、わるくすると門ちがいをしないとも限らないような気がするので、君江はざっと一年ばかり通う身でありながら、今だに手前隣の眼鏡屋と金物屋とを目標にして、その間の路地を入るのである。路地は人ひとりやっと通れるほど狭いのに、大きな芥箱が並んでいて、寒中でも青蠅が翼を鳴し、昼中でも鼬のような老鼠が出没して、人が来ると長い尾の先で水溜の水をはね飛す。君江は袂をおさえ抜足して十歩ばかり。やがて裏通を行く人の顔も見分けられるあたり。安油の悪臭が襲うように湧き出してくる出入口をくぐると、何処という事なく竈虫のぞろぞろ這い廻っている料理場である。料理場は後から建て増したものらしく、銀座通に面した表附とはちがって、震災当時の小屋同然、屋根も壁もトタンの海鼠板一枚で囲ってあるばかり。それでも土間から急な梯子段を土足のまま登って行くと、十畳ばかり畳を敷いた一室があって、四方の壁際ぐるりと十四、五台ばかりも鏡台が並べてある。丁度三時五、六分前。十畳の一室は、朝十一時から店へ出ていた女給と、今方来たものとの交代時間で、坐る場所もないほど混雑している最中。鏡一台の前にはいずれも女が二、三人ずつ繍眼児押しに顔を突出して、白粉の上塗をしたり髪の形を直したり、あるいは立って着物を着かえたり、大胡坐で足袋をはき替えたりしているのもある。

君江は竪シボの一重羽織をぬいで肩掛と一つにして風呂敷に包んだ。そして廊下への出口に置いてある衣裳棚に、名前の貼紙がしてある処を見てその包を載せ、コンパクトで鼻の先を叩きながら、廊下づたいにパンツリイを通り抜けると、丁度店二階の方から歩いて来る春代という女に出逢った。帰り道が同じ四谷の方角なので、六十人いる朋輩の中では一番心安くなっている。

「春さん。昨夜はグレたんじゃないの。後で何かおごってよ。」

「それァあなたでしょう。わたし随分待っていたのよ。今夜はきっと一緒に帰りましょう。その方が経済だからねえ。」

君江はそのまま表二階の方へ行きかけると、階段の下から下足番をしている男ボーイが、「君江さん、電話です。」と頻に呼んでいる声が聞えた。

「はアイ。」と大声に答えながら、口の中で「誰だろう。いけすかない。」とつぶやきながら、テーブルや植木鉢の間を小走りに通り抜けて階段を下りて行った。

階下は銀座の表通から色硝子の大戸をあけて入る見通しの広い一室で、坪数にしたら三、四十坪ほどもあろうかと思われるが、左右の壁際には衝立の裏表に腰掛と卓子とをつけたようなボックスとかいうものが据え並べてあって、天井からは挑灯に造花、下には椅子テーブルに植木鉢のみならず舞台で使う藪畳のような植込が置いてあるので、何となく狭苦しく一見唯ごたごたした心持がする。正面の奥深い片隅に洋酒を棚に並べた酒場があって、壁に大きな振子時計、その下に帳場があり、続いて硝子戸の内に電話機がある。君江は行きちがう人ごとに笑顔をつくりながら、電話室へ駈け込み、「もしもしどなた。」ときくと、電話は君江を呼んだのではなく、清子という女給の聞きちがえであった。

爪先で電話室の硝子戸を突きあけ、「清子さん。電話。」と呼びながら君江は反身に振返ってあたりを見廻したが、昼間のことで客はわずかに二組ほど、そのまわりに女給が七、八人集っているばかり。植木の葉かげを透して見ても清子の姿は見えない。誰やらが「清子さんは早番でしょう。」という。君江はその通り電話の返事をして硝子戸の外へ出ると、その姿を見て、洋服をきた中年の痩せた男が帳場の台に身を倚せたまま、「君江さん。」と呼留めて、「どうしました。占いは。」

「たった今、見てもらったわ。」

「どうでした。やっぱり男のおもいでしょう。」

「それなら見てもらわなくっても覚えがあるはずじゃないの。もうそんな景気じゃないわ。小松さん。わたし大に悲観しているのよ。」

「へえ。君江さんが……。」と小松といわれた男は円顔の細い目尻に皺をよせて笑う。年はもう四十前後。神田の何とやらいうダンスホールの会計に雇われている男で、夕方六時に出勤する頃まで、毎日懇意なカッフェーを歩き廻って女給の貸間をはじめ、質屋の世話、芝居の切符の取次など、何事にかぎらず女の用を足してやって、皆から小松さん小松さんと重宝がられるのをこの上もなく嬉しいことにしている男である。

いや味な事は言わないかわり、お客になって飲み食いもした事がない。以前はどこかの箱屋だともいうし役者の男衆だったという噂もある。君江はこの男から日比谷の占者のことをきいたのである。

「君江さん。どうでした。何か手がかりがありましたか。」

「さア。何だか、いろいろな事を言われたけれど、何の事だかわけがわからないのよ。わたしの方でも別に何ともきいては見なかったんだけれど。」

「それじゃ駄目だ。君江さんと来たら実にのん気だからな。」

「壱円損したわ。」と君江は人に問われて始めて占者の判断の甚要領を得ていなかった事と、自分のきき方も随分不熱心であった事に心づいた。もうすこし向の困るくらい委しくこまかい事まできけばよかったという気がした。

「でもねえ、小松さん。当分今の通りで別条はないんですとさ。覚えているのはそれッきりよ。いろんな事を言われたけれど『何が何だかわからないのヨ』なのよ。まったくさ。何しろ占を見てもらうのは生れて始てでしょう。見てもらいつけないと駄目なものねえ。占もやっぱり聞方があるんじゃないかしら。」

「占いかたはあっても、別に聞き方はないでしょう。」

「それでも、お医者さまでも始めて見てもらう時には、いろいろこっちから言わなくっちゃ、いけないッていうじゃないの。だから占や何かでもやっぱりそうだろうと思うわ。」

表梯子の方から蝶子という三十越したでっぷりした大年増が拾円紙幣を手にして、

「お会計を願います。」と帳場の前へ立ち、壁の鏡にうつる自分の姿を見て半襟を合せ直しながら、

「君江さん。二階に矢さんがいてよ。行っておあげなさいよ。うるさいから。」

「さっき見掛けたけれど、わたしの番じゃないから降りて来たのよ。あの人、先に辰子さんのパトロンだって、ほんとうなの。」

「そうよ。日活の吉さんに取られてしまったのよ。」とはなし出した時会計の女が伝票と剰銭とを出す。その時この店の持主池田何某という男に事務員の竹下というのが附き随い、コック場へ通う帳場の傍の戸口から出て来る姿が、酒場の鏡に映った。蝶子と君江とは挨拶するのが面倒なので、さっさと知らぬふりで二階の方へ行く。池田というのは五十年配の歯の出た貧相な男で、震災当時、南米の植民地から帰って来て、多年の蓄財を資本にして東京大阪神戸の三都にカッフェーを開き、まず今のところでは相応に利益を得ているという噂である。

表梯子から二階へ上った蝶子は壁際のボックスに坐っている二人連れの客のところ

へ剰銭を持って行き、君江は銀座通を見下す窓際のテーブルを占めた矢さんというお客の方へと歩みを運びながら、

「いらっしゃいまし。この頃はすっかりお見かぎりね。」

「そう先廻りをしちゃアずるいよ。先日はどうも、すっかり見せつけられまして。あんなひどい目に遇った事は御在ません。」

「矢さん。たまにゃア仕方がないことよ。」と愛嬌を作って君江は膝頭の触れ合うほどに椅子を引寄せて男の傍に坐り、いかにも懇意らしく卓の上に置いてある敷島の袋から一本抜取って口にくわえた。

矢さんというのは赤阪溜池の自動車輸入商会の支配人だという触込みで、一時は毎日のように女給のひまな昼過ぎを目掛けて遊びに来たばかりか、折々店員四、五人をつれて晩餐を振舞う。時々これ見よがしに芸者をつれて来る事もある。年は四十前後、二ツはめているダイヤの指環を抜いて見せて、女たちに品質の鑑定法や相場などを長々と説明するというような、万事思切って歯の浮くような事をする男であるが、相応に金をつかうので女給連は寄ってたかって下にも置かないようにしている。君江は既に二、三度芝居の切符を買ってもらったこともあるし、休暇時間に松屋へ行って羽織と半襟を買ってもらったこともあるので、この次どこかへ御飯でも食べに行こうと

誘われれば、その先は何を言われても、そう情なく振切ってしまうわけにも行かない位の義理合いにはなっている。それ故矢さんからひやかされたのを、なまじ胡麻化すよりも明さまに打明けてしまった方が、結句面倒でなくてよいと思ったのである。矢さんは内心むっとしたらしいのを笑いにまぎらせて、

「とにかく羨しかったな。罪なことをするやつだよ。」とテーブルの周囲に集っているお民、春江、定子など三、四人の女給へわざとらしく冗談に事寄せて、「お二人でお揃いのところを後からすっかり話をきいてしまったんだからな。人中なのに手も握っていた。」

「あら。まさか。そんなにいちゃいちゃしたければ芝居なんぞ見に行きゃアしないわ。わきへ行くわよ。」

「こいつ。ひどいぞ。」と矢さんは撲つまねをするはずみにテーブルの縁にあったサイダアの壜を倒す。四、五人の女給は一度に声を揚げて椅子から飛び退き、長い袂をかかえるばかりか、テーブルから床に滴る飛沫をよける用心にと裾まで摘み上げるものもある。君江は自分の事から起った騒ぎに拠所なく、雑巾を持って来て袂の先を口に啣えながら、テーブルを拭いている中、新しく上って来た二、三人連の客。いらっしゃいましと大年増の蝶子が出迎えて「番先はどなた。」と客の注文をきくより先に

当番の女給を呼ぶ金切声。「君江さんでしょう。」と誰やらの返事に君江は雑巾を植木鉢の土の上に投付けて「はアい。」と言いながら、新来のお客の方へと小走りにかけて行った。

客は二人とも髭を生した五十前後の紳士で、松屋か三越あたりの帰りらしく、買物の紙包を携え、紅茶を命じたまま女給には見向きもせず、何やら真面目らしい用談をしはじめたので、君江はかえってそれをよい事に、ひまな女たちの寄集っている壁際のボックスに腰をかけた。テーブルの上には屑羊羹に塩煎餅、南京豆などが、袋のまま、新聞や雑誌と共に散らかし放題、散らかしてあるのを、女たちは手先の動くがまま摘んでは口の中へと投げ入れているばかり。活動写真の評判や朋輩同士の噂にも毎日の事でもう飽きている。睡気がさしてもさすがここでは居睡りをするわけにも行かないらしく、いずれも所業なげに唯時間のたつのを待っているという様子。その時隅の方でひとり雑誌の写真ばかり繰りひろげて見ていた女が、突然、

「アラ、実にシャンねえ。清岡先生の奥様よ。」という声に、ボックスに休んでいた女は一斉に顔を差出した。君江も屑羊羹を頬張りながら少し及腰になって、

「どれさ。見せてよ。わたしまだ知らないんだからさ。」

「はい。よく御覧なさい。」と以前の女が差付ける雑誌の挿絵。見れば、縁側に腰を

かけている夫人風の女の姿で、「名士の家庭。」「創作家清岡進先生の御夫人鶴子さまのお姿。」としてあった。

「君江さん。あんた、何ともない事。そんなもの見て。わたしなら破いてしまいたくなるわ。」と写真の上に南京豆を打ちつけたのは、もと歯医者の妻で生活難から女給になった鉄子である。

「あなた。随分焼餅やきねえ。」と君江はかえって驚いたように鉄子の顔を見返して、

「いいじゃないの。奥様なら奥様で。気にしないだって。」

「君江さんは全く徹底しているわ。」とダンス場から転じてカッフェーに来た百合子というのが相槌を打つと、もとは洋髪屋の梳手であった瑠璃子というのが、

「とにかく一番幸福なのは清岡さんよ。令夫人はシャンだし、第二号は銀座における有名なる女給さんだし……。」

「ちょいと何が有名なのさ。止して頂戴よ。」と君江はわざとらしく憤然と椅子を立って、先刻から打捨てて置いた自動車商会の矢田さんの方へと行ってしまった。女たちは無論戯れとは知りながら、少し心配したように斉しくその後姿を見送ったが、瑠璃子はもともと梳手の時分ないない私娼窟に出没して君江とも一、二度言葉を交えた間柄。偶然このカッフェーで邂逅しても、互に黙契する処があるらしく秘密を守り合

っているくらいなので、何を言ってもまた言われても互に気を悪くするはずはないと、平気な顔で、折からテーブルを叩くらしい音がするのを聞きつけ、自分が持番の客ではないかと、音する方へ目を注ぐ。丁度その途端、階段から上って来る新しい客の洋服姿が向の壁の鏡に映ったのを早くも認めて、「アラ清岡先生よ。」と瑠璃子は小声で一同に知らせた。

「先生。くしゃみが出なかって。」と君江とは仲の好い春代が逸早く駈寄って、「あっちのボックスがいいわよ。」と洋服の袖に縋り、人目につかない隅のボックスへ連れて行った。これは君江を張りに来る自動車屋の矢田さんが、まだ帰らずにいるので、万一の事を用心した春代の心づかいである。

「歩いて来るともう暑い。黒ビールか何か貰おうよ。」と清岡進は抱えていた新刊雑誌と新聞紙とをテーブルの下の揚板に押入れ、新しい鼠色の中折帽をぬいで造花の枝にかけた。紺地二重ボタンの背広に蝶結のネキタイ。年の頃は三十五、六。鼻先と頤のとがっているのが目に立つので、色の白い眼の大きい頰のこけた顔立は一層神経質らしく見えるのに、長く舒ばした髪をわざと無造作に後に掻き上げている様子。誰が目にも新進の芸術家らしく、またさながら活動写真中に現れて来る人物らしくも見える。その父は漢学者だとかいう事であるが、清岡は仙台あたりの地方大学に在学中も学業の成績は極めて不出来で、卒業の後文学者の仲間入はしたものの、つい三、四年ほど前までは、更に月旦に登るような著述もなかった。然に、何から思いついたのやら、ふと曲亭馬琴の小説『夢想兵衛胡蝶物語』を種本にして、原作の紙鳶を飛行機に改め、「彼はどこへでも飛んで行く。」という題をつけ、全篇の趣向をそのまま現代の世相に当てはめた通俗小説を執筆して、或新聞に連載した。これが偶然大当りにあたって、新派俳優の芝居や活動写真にも仕組まれ、爾来名声は藉然として、一作ごとに高くなり、今日では大抵の雑誌や新聞に清岡進の名を見ないものはないような勢になった。

「これも先生の御本。」と春代は遠慮なくテーブルの上の一冊を取り上げ口絵を見ながら、「これはまだ活動にはならないんでしょう。」

清岡はわざとうるさいような顔をして、「春さん。ちょっと電話を掛けてくれ。『丸円新聞』の編輯局に村岡がいるはずだから。京橋の丸丸番だよ。呼出してすぐにここへ来いッて。」

「村岡さんて、いつもの村岡さん。」

「そうだよ。」

「京橋の丸丸番だわね。」と春代が行きかけた時、持番の定子というのが、黒ビールと南京豆の小皿を持って来て、酌をしながら、「わたし、先生の小説には思出の深い事があるのよ。あの時分、別に役も何も付いた訳じゃないけれど、始めて蒲田へ這入ったのよ。」

「定さん。蒲田にいた事があるのか。」と清岡はコップを片手に定子の顔を斜に見上げながら、「どうして止したんだ。」

「どうしてッて。見込みがないんですもの。」

「お世辞じゃないが、定さんのような顔立なら映画には向くんだがね。監督の言う事を聴かないからだろう。女は何になっても男の後援がなくっちゃ駄目だからな。女流作家だって少し売出すまでには、みんな背景があるんだよ。」

その時君江が巻煙草を啣えながら歩いて来て、黙って清岡の側に腰をかける。春代が戻って来て電話の返事を伝え、そのまま腰をかけて、

「先生。何か御馳走してよ。君ちゃんは。」

「わたしこの方がいいわ。」と清岡が飲残した黒ビールのコップを取上げた。

「おむつまじい事ね。じゃア、春代さん、チキンライスか何か一緒にたべましょう。」と定子は帯の間から取出す伝票紙に注文の品を書きながら立って行った。

明り取りの窓にさしていた夕日の影はいつか消えて、階段の下から突然蓄音機が響

き出した。これが五時半になった知らせで、三時過から休んでいた女給も化粧をし直して出てくる。階上階下の電燈(でんとう)には残りなく灯がついて、外はまだ明(あかる)い夏の夕方も建物の内ばかりは早くも夜の景気である。

三

帰り途(みち)が同じ四谷の方角なので、君江と春代とは大抵毎晩連立(つれだ)って数寄屋橋あたりから円タクに乗る。銀座通では人目に立つのみならず、その辺にはカッフェーを出た酔客がまだうろうろ徘徊(はいかい)しているので、これを避けるため、少し歩きながら、通過(とおりすぎ)る円タクを呼止め、値切る上にも賃銭を値切り倒して、結局三十銭位で承知する車に乗るのである。その晩二人は数寄屋橋を渡ってガードの下を過ぎ、日比谷の四辻(よつつじ)近くまで来たが、三十銭で承知する車は一台もない。春代は腹立しげに、「何だい。馬鹿(ばか)にしている。停(とま)るかと思ったら、あいつも行ってしまった。」

「いいわよ。ぶらぶら歩きましょうよ。少し酔ったから丁度いいわよ。」

「もうすっかり夏だわねえ。御堀(おほり)の方を見ると、まるで芝居の背景見たようねえ。」

日比谷の四辻には電車を待つ人がまだ大分立っている。

「今夜は節約して電車に乗ろうよ。」

二人は道幅のひろい四辻を歩道から線路の方へと歩み寄ろうとした時、横合いからぬっと二人の前へ立ちふさがった洋服の男があったので、二人はびっくりしてその顔を見ると、今日も午後にカッフェーへ来ていたダイヤモンドの矢田さんであった。

「まア、大変御ゆっくりねえ。どこで飲んでいらしったの。」

「送ってあげよう。」と矢田は円タクを呼びかけた。

「わたし、電車でいいのよ。お客様と自動車に乗るのはやかましいから。」と春代は体(てい)よく逃げようとすると、矢田は、度々その手を食っていると見えて、

「それァ銀座通のことじゃないか。ここまで来れば構やせん。僕が責任を負う。」

「あなたも節約して電車になさいよ。矢(ヤア)さん。」と君江は丁度来かかった赤電車の方へとすたすた行きかけたので、矢田はとやかく言っている暇もなく、二人の後についで新宿(しんじゅく)行の電車に乗った。

案外すいている車の中には、二人の知らない他の店の女給が三人ばかりに、男が五、六人。いずれも居眠りをしている。半蔵門(はんぞうもん)を過ぎて四谷見附(よつやみつけ)に来かかる時まで、矢田はさすがにおとなしく、連れではないような風をして口もきかずにいたが、君江が春代を残して一人車から降りかかるのを見るや否(いな)や、あわててその後について来て、

「君江さん。もう乗換はないぜ。自動車を呼ぼう。」

「いいのよ。すぐ其処ですから。」と君江は人通の絶えた堀端を本村町の方へと歩いて行く。円タクの運転手が二人の姿を見て、窓から手を出し指で賃銭の割引を示すものもあれば、垢じみた顔を出してひやかすものもある。矢田はぴったり寄添い、

「君江さん。どうしても家へ帰らなくっちゃいけないのか。一晩ぐらい都合できないのか。エ、君江さん。どうしてもいけなければ、一時間でも、三十分でもいい。話をしてすぐ別れてもいいから、ちょっとつき合ってくれ。僕はそんな無理なことは決して言わない。今夜の中にきっと帰すから。」

「もう晩すぎるわよ。ぐずぐずしていると、わたし帰れなくなってしまうから。それに明日は早番だから。」

「早番だって、あすこは十一時じゃないか。こんな事を言ってぐずぐずしている中に時間がたってしまうじゃないか。この近辺はいけないのか。荒木町か、それとも牛込はどうだ。」と矢田は君江の手を握って動かない。

　土手上の道路は次第に低くなって行くので、一歩ごとに夜の空がひろくなったように思われ、市ヶ谷から牛込の方まで、一目に見渡す堀の景色は、土手も樹木も一様に蒼く霧のようにかすんでいる。そよそよと流れて来る夜深の風には青くさい椎の花と

野草の匂が含まれ、松の聳えた堀向の空から突然五位鷺のような鳥の声が聞えた。

「アラ。何だか田舎へ行ったようねえ。」と君江は空を見上げた。矢田はすかさず、

「どこか静な処へ行こうじゃないか。一晩位犠牲におしよ。僕のために。」

「矢さん。もしか目付かって、ごたごたしたら、あなた。あの人の代りになってくれること。わたし、実はもうカッフェーなんかよしたいと思っているの。」と君江は矢田の心を引いて見るつもりで、わざと身を摺り寄せながら静に歩き出した。実は今夜連れられて行った先で、矢田が気前好く祝儀を奮発するかどうかを確めて置こうと思っただけである。

「あの人ッて、誰だ。この間一緒に邦楽座へ行った人か。」

「いいえ。」と言いかけて君江は心づき、「え、そうよ。あの人よ。」と狼狽えて言直した。邦楽座へ一緒に行ったのは旦那でも恋人でも何でもない。つまり矢田さんと同様なその場かぎりのお客なのである。

「そうか。あの人が君さんの旦那なのか。」と矢田はすっかり本気にして、「しかし、今まで世話をしている関係があっちゃア、そう急によしてしまう訳には行かないだろう。恨まれるのはいやだからな。」

君江は噴き出したくなるのを耐えて、「ですからさ。もしも、万一の事があったら

ッて言うのよ。知れると面倒だから、今夜の事は誰にも絶対に秘密よ。」

「そんな事は心配しないだって大丈夫だよ。まさかの時にはきっと僕が引受ける。」

と矢田はまず今夜だけはいよいよ自分のものになった嬉しさ。人通のない堀端を幸に、いきなり抱き寄せて女の頬に接吻した。

本村町の電車停留場はいつか通過ぎて、高力松が枝を伸している阪の下まで来た。市ヶ谷駅の停車場と八幡前の交番との灯が見える。

「あすこの交番はうるさいのよ。すこしおそくなると、いろいろな事を聞くから、車に乗りましょう。」

矢田はこの機逸すべからずと、あたりを見廻したが、折悪しく円タクが通らないので、二人はそのまま立止った。

「わたしの家はすぐ其処の横町だわ。角に薬屋があるでしょう。宵の中には屋根の上に仁丹の広告がついているからすぐにわかるわ。わたしこの荷物を置いて来るから待っててヨ。」

「おい。君さん。大丈夫か。すっぽかしはあやまるぜ。」

「そんな卑怯な真似しやしないわヨ。心配なら一緒にそこまでいらっしゃいよ。わたしが帰らないと、いつまでも下のおばさんが鍵をかけずに置くから。」

高力松の下から五、六軒先の横町を曲ると、今までひろびろしていた堀端の眺望から俄(にわか)に変る道幅の狭さに、鼻のつかえるような気がするばかりか、両側ともに屋並(やなみ)の揃(そろ)わない小家つづき、その間には潜門(くぐりもん)や生垣(いけがき)や建仁寺垣(けんにんじがき)なども交(まじ)っているが、いずれも破れたり枯れたりしているので、あたりは一層いぶせく貧し気に見える。君江は軒先に魚屋の看板を出した家の前まで来て、「ここで待っていらっしゃい。」と言いすて、魚屋の軒下から路地へ這入った。矢田はすぐにその後について行こうとしたが、君江の感情を害しはせぬかと遠慮して、暫(しばら)く首をのばして真暗(まっくら)な路地の中をのぞくと、がたりがたりといかにも具合のわるそうな潜戸(くぐりど)の音がしたので、いくらか安心はしたものの、どうも、様子が見届けたくてならぬところから、一歩二歩(ひとあしふたあし)とだんだん路地の中へ進み入ると、忽(たちま)ち雨だれか何かの泥濘(ぬかるみ)へぐっすり片足を踏み込み、驚いて立戻り、魚屋の軒燈(けんとう)をたよりに半靴(はんぐつ)のどろを砂利と溝板(どぶいた)へなすりつけている。間もなく、君江は出て来て、

「アラ、どうしたの。」

「イヤ、ひどい道だ。馬鹿にくさい。猫か犬の糞(くそ)だろう。」

「だから、外で待っていらっしゃいッて言ったんじゃないの。ほんとに臭いわ。あなた。」と君江は寄添う矢田からその身を離して、「わたし、草履だから、足袋へくっ付

けちゃ、いやヨ。」

矢田は歩きながら、砂利に靴の裏をこすりこすりもとの堀端へ出ると、丁度曲角の軒下に薪と炭俵とが積んであったのでやっと靴の掃除をし終った時、呼びもしない円タクが二人の前に停った。

「神楽阪。五十銭。」と矢田は君江の手を取って、車に乗り、「阪の下で降りよう。それから少し歩こうじゃないか。」

「そうねえ。」

「今夜は何となく夜通し歩きたいような気がするんだよ。」と矢田は腕をまわして軽く君江を抱き寄せると、君江はそのまま寄りかかって、何もかも承知していながら、わざと、

「矢さん。一体どこへ行くの。」ときいた。

矢田の方でも随分白ばッくれた女だとは思いながら、その経歴については何事も知らないので、表面は摺れていても、その実案外それほどではないのかという気もするので、この場合は女の仕向けるがまま至極おとなしい女給さんとして取扱っていれば間違いはないと、君江の耳元へ口を寄せて、「待合だよ。」と囁き聞かせ、「差しつかえはないだろう。今夜は晩いからね。僕の知ってる処がいいだろう。それとも君江さ

ん。どこか知っているなら、そこへ行こう。」

思いがけない矢田の仕返しに、さすがの君江も返事に困り、「いいえ。何処だってかまわないわ。」

「じゃ、阪下で降りよう。尾沢カッフェーの裏で、静な家を知っているから。」

君江はうなずいたまま窓の外へ目を移したので、会話はそのまま杜絶える間もなく車は神楽阪の下に停った。商店は残らず戸を閉め、宵の中賑な露店も今は道端に芥や紙屑を散らして立去った後、ふけ渡った阪道には屋台の飲食店がところどころに残っているばかり。酔った人たちのふらふらとよろめき歩む間を自動車の馳過る外には、芸者の姿が街をよこぎって横町から横町へと出没するばかりである。毘沙門の祠の前あたりまで来て、矢田は立止って、向側の路地口を眺め、

「たしかこの裏だ。君江さん。草履だろう。水溜りがあるぜ。」

石を敷いた路地は、二人並んでは歩けないほどせまいのを、矢田は今だに一人先に立って行ったら君江に逃げられはせぬかと心配するらしく、ハメ板に肱や肩先が触るのもかまわず、身を斜にしながら並んで行くと、突当りに稲荷らしい小さな社があって、低い石垣の前で路地は十文字にわかれ、その一筋はすぐさま石段になって降り行くあたりから、その時静な下駄の音と共に褄を取った芸者の姿が現れた。二人はいよ

いよ身を斜にして道を譲りながら、ふと見れば、乱れた島田の髱に怪し気な癖のついたのもかまわず、歩くのさえ退儀らしい女の様子。矢田は勿論の事。君江の目にも寐静った路地裏の情景が一段艶しく、いかにも深け渡った色町の夜らしく思いなされて来たと見え、言合したように立止って、その後姿を見送った。それとも心づかぬ芸者は、稲荷の前から左手へ曲る角の待合の勝手口をあけて這入るが否や、疲れ果てた様子とは忽ち変った威勢のいい声で、「かアさん。もう間に合わなくって。」

君江は耳をすましながら、「矢さん。わたしも芸者になろうと思ったことがあるのよ。ほんとうなのよ。」

「そうか。君江さんが。」と矢田はいかにもびっくりしたらしく、その事情をきこうとした時、早くも目指した待合の門口へ来た。内にはまだ人の気勢がしていたが、門の扉の閉めてあるのを、矢田は「おいおい」と呼びながら敲くと、すぐに硝子戸の音と、下駄をはく音がして、

「どなたさま。」と女の声。

「僕。矢さんだよ。」

「あら、大変御ゆっくりねえ。」と門の扉を明けた女中は、君江の姿を見て、いくらか調子を改め、「さア、どうぞ。」

女中は廊下の突当りから、厠らしい杉戸の前を過ぎて、瓦塔口の襖をあけ、奥まった下座敷の四畳半に案内した。今しがたまでお客がいたものと見え、酒のかおりと共に、煙草の烟も籠ったままで、紫檀の卓の溝には煎豆が一ツ二ツはさまっていた。女中は片隅に積み載せた座布団を出し、「ただ今綺麗にいたします。やっと今方片づいた処なんで御在ますよ。」

「大した景気だな。」

「いいえ。相変らずで仕様が御在ません。」と女中はお定まりの茶菓を取りにと立って行く。

「すこし明けようじゃないか。」

「蒸し蒸しするわねえ。」と君江はいざりながら手を伸して障子を明けると、土庇の外の小庭に燈籠の灯が見えた。

「あら、いいわね。芝居のようだわ。」

「カッフェーとはまた別だな。これが江戸趣味ッていうんだろうな。」と矢田は沓脱石の上に両足を投出して煙草へ火をつけた。

植込を隔てて隣の二階の窓が見える。簾がおろしてあるが障子の上に、島田に結った女が立って衣服をぬいでいるらしい影のありあり映っているのを見て、君江はそっと矢田の袖を引いたが、それと同時に艶しい影は雲のように大きく薄くなったまま消え去って、かすかな話声ばかりになった。矢田は何の事やら気がつかなかったらしく、石の上に両脚を踏みのばしたまま洋服の上着を脱ぎ、ネキタイを解きかけたが、君江は女中が茶を運び、続いて浴衣を持って来る時まで、そのままぼんやり隣の火影を眺めていた。何ともつかず、突然君江は待合というところへ初めて連れ込まれた時の事を憶い出したからである。場処は牛込ではなく、大森であったが、中庭を隔てた植込の彼方に二階の灯影を見ながら男と二人縁側に腰をかけて、女中が仕度するのを待っていたその場の様子は今夜と少しも変りがない。変ったのは自分の心持ばかり。その時分恐しかったり珍しかったりした事は、もう馴れた上にも馴れきって、何とも思わなくなってしまった。

「君さん。何かたべるか。もう支那蕎麦ぐらいしか出来ないとさ。」

矢田の声に君江は振返ると、洋服を浴衣にきかえ、立ってしごきを結びかけている。

「わたし、ほしくないわ。」と君江も一重羽織の紐を解きかけた。

女中は矢田の洋服を入れた乱箱を片隅に運び、「今夜はどこもふさがっておりますから、お狭いでしょうけれど、ここで、どうぞ。」と床の間につづいた押入から夜具を取出したので、二人は再び濡縁に腰をかけて庭の方を向いた。君江の眼にはいよいよ初めての夜の事が浮んで来る。

「お風呂はいつでもわいておりますから。」と女中は出て行く。

「君さん。何を考えているんだ。お着かえよ。」と矢田は心配そうに横顔を覗き込んで君江の手を取った。

　君江は羽織をきたまま坐ったなりで、帯揚と帯留とをとり、懐中物を一ツ一ツ畳の上に抜き出しながら、矢田の顔を見てにっこりした。君江は三年前、家を飛出して、学校友達で人の妾になっていた京子の許に身を寄せ、その旦那の世話で保険会社の女事務員になって、僅一、二カ月たつかたたぬ中、早くも課長に誘惑されて大森の待合に連れられて行った。これが実際男と戯れた初めであったが、君江はその前から京子が旦那の目をかすめていろいろな男を妾宅へ引入れるさまを目撃していたのみならず、折々は京子とその旦那との三人一ツ座敷へ寝たことさえある位で、言わば待合か芸者家の娘も同様、早くから何事をも承知しぬいていただけ、時にはなお更甚しく好奇心に駆られる矢先。課長の誘惑をよい事にしてこれに応じたまでの事である。課長は五十を越した道楽者にも似ず、その晩君江が酒も飲めば冗談も言うし、更に気まりのわるい事を知らない様子に、かえって興をさましたらしく、そこそこにその場を引上げた。それらの事を憶い返して、君江はおぼえず口の端に微笑を浮べたのを、矢田は何

事も知らないので、笑顔を見ると共に唯嬉しさのあまり、力一ぱい抱きしめて、

「君さん、よく承知してくれたねえ。僕は到底駄目だろうと思って絶望していたんだよ。」

「そんな事ないわ。わたしだって女ですもの。だけれど男の人はすぐ外の人に話をするから、それでわたし逃げていたのよ。」と君江は男の胸の上に抱かれたまま、羽織の下に片手を廻し、帯の掛けを抜いて引き出したので、薄い金紗の袷は捻れながら肩先から滑り落ちて、だんだら染の長襦袢の胸もはだけた艶しさ。男はますます激した調子になり、

「こう見えたって、僕も信用が大事さ。誰にもしゃべるもんかね。」

「カッフェーは実に口がうるさいわねえ。人が何をしたって余計なお世話じゃないの。」と言いながら、端折りのしごきを解き棄て、膝の上に抱かれたまま身をそらすようにして仰向きに打倒れて、「みんな取って頂戴、足袋もよ。」

君江はこういう場合、初めて逢った男に対しては、度々馴染を重ねた男に対する時よりもかえって一倍の興味を覚え、思うさま男を悩殺して見なければ、気がすまなくなる。いつからこういう癖がついたのかと、君江は口説かれている最中にも時々自分ながら心付いて、中途で止めようと思いながら、そうなるとかえって止められなくな

るのである。美男子に対する時よりも、醜い老人やまたは最初いやだと思った男を相手にして、こういう場合に立到る(たちいた)と、君江はなお更烈(はげ)しくいつもの癖が増長して、後になって我ながら浅ましいと身顫(みぶる)いする事も幾度だか知れない。

この夜、平素気障(きざ)な奴(やつ)だと思っていた矢田に迫まられて、君江は途中から急にその言うがままになり出したのも、知らず知らずいつもの悪い癖を出したまでの事である。

四

翌日の朝、矢田と合乗りした自動車から、君江はひとり士官学校の土手際で降りて、路地の貸間に立戻ったが、鏡台の前へ坐ると、急に眠くなって来て化粧をし直す力もなく、わずかに羽織をぬぎすてたばかり。着のみ着のまま、ごろりと横になった。腕時計の針はまだ九時半をさしたところなので、十時まで三十分間眠るつもりで眼をつぶったのであるが、忽ち(たちま)格子戸(こうしど)につけた鈴の音と共に男の声のするのを聞きつけて耳をすますと、思いがけない清岡の声なので、君江はびっくりして起直(おきなお)った。

清岡がこの貸間へ来るのは、いつも君江がその翌日五時出の晩番(おばん)に当る前の夜にきまっている。それも大抵カッフェーにいる間から予め(あらかじ)知れていることで、今日のような早出の朝、不意に尋ねて来ることは滅多にない。君江は昨夜のことが知れたのではないか。それにしては知れ方が早過ると、心の中では随分あわてながら、何喰わぬ顔で勢好く、

「お早いことねえ。まだ散らかしたまんまなのよ。」と梯子段を降りて行くと、清岡は丁度靴をぬいで上ったばかり。戸口を掃いていた小母さんも抜目のない狸婆と見えて、

「君江さん。おいやでも、もう一度おばさんの薬を上ってお出かけなさいましよ。昨夜はほんとにびっくりしました。」

君江はそれに力を得て、「もう大丈夫よ。きっと食合せがわるかったのねえ。」

「どうかしたのか。お腹でも下したのか。」と言いながら清岡は二階へ上って、窓へ腰をかけた。

二階は六畳に三畳の二間つづきであるが、前桐の安箪笥と化粧鏡と盆に載せた茶器の外には殆何にもない。箪笥の上にも何一ツこまごました物も載せられていないので、二階中はいかにもがらんとして古畳と鼠壁のよごれが一際目に立つばかり。座布団も色のさめたメリンスの汚点だらけになったのが一枚、鏡台の前に置いてある外には、木綿麻の随分古ぼけた夏物が二枚壁際に投出されているばかりである。君江はい

つものように鏡台の前の座布団を裏返しにして清岡にすすめると、清岡はそれを窓の敷居の上に載せ、ズボンの折目を気にしながら再び腰をかけた。

　窓の下はコールタの剝げたトタン葺の平屋根で、二階から捨てる白粉や歯磨の水の痕ばかりか、毎日掃出す塵ほこりに糸屑や紙屑もまざっている。この汚らしい屋根の彼方は、士官学校門前の通に立っている二階家の裏側で、汚い洗濯物や古毛布や赤児のおしめが干してある間から、絶えずミシンの音やら印刷機の響が聞える。これと共に士官学校の構内で生徒の練習する号令の声、軍歌の声、喇叭の響のみならず、昼の中は馬場の砂烟が折々風の吹きぐあいで灰のように飛んで来て畳の上のみならず襖をしめた押入の内までじゃりじゃりさせる事がある。清岡は丁度去年の今頃、初めて君江に導かれてこの貸間に立寄った時から、もう少しあたりの清潔な居心地の好い処へ引越したらばと勧めていたが、君江は唯口先でばかり同意しながら、その実今日まで更に引越そうとする様子もなく、家具も一年前と同じで、その後新に湯呑一つ買った事もないらしい。金には決して不自由していないのに、机も衣桁もなく、電気の笠もかけたままで、いつまでたっても、今方引越して来たばかりだという体裁である。君江は年頃の女のように、窓に草花の鉢を置いたり、簞笥の上に人形や玩具を飾り立てたり、壁に絵葉書を貼ったりするような趣味は全然持っていない。とにかく一風変った妙な女だと清岡は早くから心付いていた。

「お茶はいらない。もうそろそろ出掛ける時分だろう。」と清岡は窓から座布団と共に腰をすべらせて畳の上に胡坐をかき、「僕もこれから新宿の駅まで用事があるんだよ。それでちょいと寄って見たんだ。」

「そう。でも、お茶だけ入れましょうよ。おばさん。お湯がわいているなら頂戴。」と叫びながら下へ降り、すぐに瀬戸引の薬鑵を提げて来た。

「昨日、お前、占を見てもらいに行ったんだってね。『街巷新聞』に出た黒子の一件は、誰がいたずらをしたのか当がついたか。」

「いいえ。当も何もつかないわ。」と君江は久須の茶を湯呑につぎながら、「初めは、いろいろな事をきいて見ようと思って出かけて見たんだけれど、何だか気まりがわるいから止してしまったのよ。だけれど、考えるとほんとに不思議ねえ。誰も知っているはずがない事なんですもの。」

「占いでわからなければ、今度は巫女か、お先狐にでも見てもらうんだな。」

「巫女ッて何。」

「知らないのか、よく芸者なんぞが見てもらうじゃないか。」

「わたし、占者だって全く昨日が始てですもの。何だか馬鹿馬鹿しいような気がするから、ああいう事はわたしには駄目よ。」

「だから、気にしない方がいいッて僕は最初からそう言ってるじゃないか。」

「でもあんまり不思議なんですもの。知れようはずのない事が知れたんですもの。まったく不思議だわ。」

「自分ばかり知れないと思っていても、世の中には案外な事があるからね。秘密はかえって漏れやすいものさ。」と言い終って清岡は自分から言過ぎたと心付き、急いで煙草(たばこ)を啣(くわ)えながら君江の顔色を窺(うかが)うと、君江の方でも何か言おうとしたのをそのまま黙って、飲みかけた湯呑を口の端に持ち添えたまま、じろりと清岡の顔を見たので、二人の目はぴったり出遇(であ)った。清岡は煙草の烟(けむり)にむせた風をして顔を外向(そむ)け、

「何でも気にしないのが一番いいよ。」

「ほんとうねえ。」と君江の方でも心からそう思っているらしく見せかけるために、声まで作ったが、それなり後の言葉が出て来ないので、湯呑の茶をゆっくり飲干して静に下に置いた。君江は昨夜矢田と神楽坂へ泊った事は知られていないにしても、何しろ二年越しの間柄なので、何事に限らず大抵の事は清岡には知られていると思っているが、さてどの辺まで知られているか、それは君江にも当がつかない。君江は何か好い折があったら、清岡とは関係を断(た)ってさっぱりとして、自分の過去の事を少しも

知らない新しい恋人を得たいという気にもなっている。君江はどういう訳だか、自分の平生を人に知られている事を好まない。秘密にする必要がない事でも、君江は人に問われると、唯にやにや笑いにまぎらすか、そうでなければ口から出まかせな虚言をつく。最も親しいはずの親兄弟に対しては君江は一番よそよそしく決して本心を明した事がない。自分の方から好きだと思う男に対してはなお更の事で、その男が何か深く聞知ろうとすればいよいよ堅く口を閉じて何事をも語らない。同じ店につとめているカッフェーの女給連は、君江さんほど姿の優しいしとやかな人はないが、不断何を考えているのやらあれほど訳のわからない人もないと言われているのである。

清岡が君江を識ったのは君江が始めて下谷池の端のサロン、ラックという酒場の女給になったその第一日の晩からであった。清岡は始めて君江を見た時、女給をした事がないというならば、どこかで芸者をしていた女だろうと想像した。容貌はまず十人並で、これと目に立つ処はない。額は円く、眉も薄く眼も細く、横から見ると随分しゃくれた中低の顔であるが、富士額の生際が鬘をつけたように鮮かで、下唇の出た口元に言われぬ愛嬌があって、物言う時歯並の好い、瓢の種のような歯の間から、舌の先を動かすのが一際愛くるしく見られた。この外には色の白いのと、撫肩のすらりとした後姿が美点の中の第一であろう。清岡はその晩、君江が物言いのしずかなのと、挙動の疎暴でないのを殊更うれしく思って、纏頭は拾円奮発してその帰途をそっと外で待っていた。それとは心づかない君江は広小路の四辻まで歩いて早稲田行の電車に乗り、江戸川端で乗換え、更にまた飯田橋で乗換えようとした時は既に赤電車の出た後であった。清岡は自動車でここまで跡をつけて来たので、そっと車を降り、偶然再会したような振りで話をしかけた。君江は問われてもはっきり住処は知らせなかったが、唯市ヶ谷辺だと答えて、一緒に外濠を逢阪下あたりまで歩いて行く中、どうやら男の言うままになってもいいような素振を示した。

君江はその頃、久しく一緒に住んで共に私娼をしていた京子という女が、いよいよ小石川諏訪町の家をたたんで富士見町の芸者家に住込む事になったので、泣きの涙で別れ、独り市ヶ谷本村町の貸二階へ引移り、私娼の周旋宿へ出入する事をよしていたので、一月あまりの間一晩も男に戯れる折がなかった。夜ふけてから外へ出た事さえ稀だったので、この夜久しぶり静にふけ渡った濠端の景色を見てさえ、何とも知れず心の浮き立つ折から、時候も丁度五月の初めで、袷の袖口や裾前から静に夜風の肌を撫でる心持。君江は清岡の事を少壮の大学教授か何かだろうと、始めからわるく思っていなかったので、飛び立つような嬉しさをわざと押隠し、誘われるがまま気まりのわるい風をしながら、その夜は四谷荒木町の待合へ連られて行った。君江は新に好きな男ができると忽ち熱くなって忽ち冷めてしまうという、生れついての浮気者なので、翌日も夕方近くまでいちゃついていたが、離れるのがいやさにカッフェーもそれなり休んで、井の頭公園の旅館に行き次の夜は丸子園に明して三日の後、市ヶ谷の貸間まで一緒に来てやっとわかれた。

清岡は丁度その頃、一時妾にしていた映画女優の玲子とやらを人に奪われ、代りの女を物色していた矢先、君江が身も心も捧げ尽したような濃厚な態度に、すっかり迷い込み、どんな贅沢な生活でも望む通りにさせてやるから、女給をやめるようにと勧めたが、君江は将来自分でカッフェーを出したいから、もう暫く女給をしていたいと言った。それならば本場の銀座へ出て経験をした方がよいと、池ノ端のサロンは一カ月あまりで止めさせ、半月ばかり京阪を連れ歩いた後、清岡は人を介して、銀座では屈指のカッフェーに数えられている現在のドンフワンに君江を周旋した。間もなく入梅があけて夏になり、土用の半からそろそろ秋風の立ち初める頃まで、清岡は何一つ疑う所もなく、心から君江に愛されているものとばかり思込んでいた。ところが或夜二、三の文学者と芝居の帰り、銀座に立寄って見ると、君江は急に心持がわるくなったと言って夕方から店を休んだという事を、他の女給から聞き、友達にわかれてから、一人本村町の貸間へ病気見舞いに行こうとした時、いつも曲る濠端の横町から、突と現われ出た女の姿を見た。まだ十二時前ではあったが、片側町の人家は既に戸を閉め、人通りも電車も杜絶えがちになった往来には円タクが馳過るばかり。清岡は四、五間こちらから、白っぽい絽縮緬の着物と青竹の模様の夏帯とで、すぐにそれと見さだめ、怪訝のあまり、車道を横断して土手際の歩道を行きながら女の跡をつけた。女はスタスタ交番の前をも平気で歩み過るので、市ヶ谷の電車停留場で電車でも待つのかと思いの外、八幡の鳥居を入って振返りもせず左手の女阪を上って行く。いよいよ不審に思いながら、地理に明い清岡は感づかれまいと、男の足の早さをたのみにして、ひた走りに町を迂回して左内阪を昇り神社の裏門から境内に進入って様子を窺うと、社殿の正面なる石段の降口に沿い、眼下に市ヶ谷見附一帯の濠を見下す崖上のベンチに男と女の寄添う姿を見た。尤もベンチは三、四台あって、いずれも密会の男女が肩を摺寄せて腰をかけていた。清岡はかえって好い都合だと、桜の木立を楯にして次第次第に進み寄り、君江がどんな話をしているかを窺い、同時に相手の男の何者たるかを見定めようと試みた。

清岡はいかなる作者の探偵小説中にも、この夜の事件ほど探偵に成功したはなしは恐らくあるまいと、殆どその瞬間には驚愕のあまり嫉妬の怒りを発する暇がなかったくらいであった。男はパナマらしい帽子を冠り紺地の浴衣一枚、夏羽織も着ず、ステッキを携えている様子はさして老人とも見えなかったが、薄暗い電燈の灯影(ほかげ)にも口髯(くちひげ)の白さは目に立つほどであった。腕をまわして帯の下から君江の腰を抱きながら、

「なるほどここは涼しい。お前のおかげで、おれもいろいろな事を経験するよ。六十になってベンチで女を待ち合わすなんて、実に我ながら意想外だ。この社殿の向(むこう)に今でもきっと大弓場(だいきゅうば)があるだろうが、おれも若い時分に弓をやりに来たことがあった。それから何十年とこの石段を上った事がない。それはそうと今夜はこれからどこへ行こうというんだね。ここのベンチでもいいよ。はははは。」と笑いながら君江の頬に接吻した。

　君江は黙って、暫くの間老人のなすがままになっていたが、やがて静にベンチから立上り着物の裾前を合せ、鬢(びん)を撫でながら、「すこし歩きましょう。」と連立って石段を降りる。清岡は先刻(さっき)君江が昇った女阪の方へ迂回(まわ)って見えがくれに後をつけた。それとは知らない二人は話しながら堀端を歩いて行く。

「京子は富士見町へ出てから、どうだね。あの女のことだから、きっといそがしいだろう。」

「毎日昼間からお座敷があるんですって。この間ちょいと尋ねたのよ。だけれどろくろく話をしている暇もなかったのよ。あなた。これから寄って見ない。いなかったら

いなかったで、別にかまやアしないから。」

「うむ。久しぶり、三人で夜明しするのも面白い。諏訪町の二階では実にいろいろな事をしたね。とにかくお前と京子とは実にいい相棒だよ。僕は昼間真面目な仕事をしている最中でも、ふいと妙な事を考え出すと、すぐにお前の事を思出す。それから京子の事を思出して、夢でも見ているような心持になるんだ。」

「それでも京子さんに較べれば、わたしの方がまだ健全だわねえ。」

「どっちともいえない。お前の方が見かけが素人らしく見えるだけ罪が深いよ。カッフェーへ行ってから別に変ったのも出来ないかね。西洋人はどうだ。」

「銀座はあんまり評判になり過るから、そう思うようにはやれないわ。そこへ行くと芸者の方が大びらで、面倒臭くなくっていいわ。諏訪町にいる時分はほんとに面白かったわね。」

「旦那はあれっきりか。まだ出て来ないのか。」

「そうでしょう。その後別に話が出ないから、どの道もう関係はないんでしょう。それにもともと京子さんの方じゃ、借金を返してもらった義理があるだけで、別に何とも思っていた訳じゃないんだから。」

「今度は何て言っている。やはり京子というのか。」

「いいえ。京葉さんていうのよ。」

二人は夜ふけの風の涼しさと堀端のさびしさを好い事に戯れながら歩いて新見附を曲り、一口阪の電車通から、三番町の横町に折れて、軒燈に桐花家とかいた芸者家の門口に立寄った。夏の夜の事で、その辺の芸者家ではいずれもまだ戸を明けたまま、芸者は門口の涼台に腰をかけて話をしているのを、男はなれなれしく、

「京葉さんはいますか。」ときくと、直に家の内から、小づくりの円顔。髪はつぶしにたけながを結んだ女が腰の物一枚、裸体のまま上框へ出て来て、

「あら、御一緒。まアうれしいわね。わたし今帰って来たところ。丁度よかったわ。」

「どこかいい家を教えろよ。ゆっくり話をするから。」

「そうねえ。それじゃア……。」と裸体の女は行先を男に囁くと、二人はそのまま歩いて四ツ角をまがる。

ここまで跡をつけて来て路地のかげに身をひそめていた清岡は、万事があまりに都合好く進捗して行くので、このまま中途から帰るわけには行かなくなった。頃合いを計って、清岡は君江のつれられて行った同じ待合へと、振りの客になり済まして上り込み、女中には勘定を先に払って、なりたけおとなしい若い芸者をといい付け、素知らぬ振りで寝てしまった。そしてかの見知らぬ老人が君江と京葉の二人を相手の遊び

ざまを思い残りなく窺った後、翌日の朝はまだ日の照らぬ中清岡はそっとその待合を出た。しかし赤阪の家へ帰るには時間が少し早過るので、やむことをえず四番町の土手公園を歩みベンチに腰をかけて、ぼんやりとして堀向うの高台を眺めた。

清岡は三十六歳のその日まで、夢にも見なかった事実を目撃し、これまで考えていた女性観の全然誤っていた事を知って、嫉妬の怒りを発する力もなく、唯わけもなく欝ぎ込んでしまった。清岡はその日まで、独り君江に限らず世間の若い女が五十六十の老人に身を寄せて平気でいるのは、恋愛と性慾との不満足を忍んでひたすら生活の安定を得ようがためとばかり思込んでいたのであるが、豈図らんや。事実は決してそうでない。自分ばかりを愛していると思っていた君江の如きは、事もあろうに淫卑な安芸者と醜悪な老爺と、三人互に嬉戯して慚る処を知らない。清岡は自分の経験と観察とのいかに浅薄であったかを知ると共に、君江に対しては言うに言われぬ憎悪の念を覚え、このままもう二度と顔は見まいと思った。しかしその日家へ帰ってから一ト寐入りして目をさますと、一時激昂した心も大分おちついている。それと共にこのまま何事をも知らぬ顔に済してしまうのは、あまり言甲斐がなさ過る。面責した上、女の口から事実を白状させてあやまらせねば、どうも気がすまない。しかしまた更に思直して見ると、君江は見掛けに似ず並大抵の女でない。問われるままに案外無造作に白状してしまうかも知れない。それと共に自分の遊び足りない事と嫉妬を起した事などを心窃に冷笑しないとも限らない。これは男の身に取っては浮気をされたよりも、なお更忍びがたい侮辱である。清岡は黙殺するのも無念だし、表面は謝罪って、蔭で舌を出されるのはなお更口惜しいと、さまざま思案した末、やはり何事をも知らぬ振りで表面は今まで通り、あくまで馬鹿にされながら、その代りいつか時節を待って、痛烈な復讐をしてやるに若くはないと決心した。

清岡は多年原稿生活を営む必要上、腹心の男を二人使っている。一人は村岡といって、早稲田あたりを卒業したばかりの文士で、毎月百円内外の手当を貰い、清岡の口述する小説を筆記して原稿を製作すると、それを駒田という五十年輩の男が新聞社や雑誌社へ売込みに行く。駒田は多年或新聞社の会計部に雇われていたので、原稿料の相場にも明くまた記者仲間にも知己が多いので、清岡の受取るべき稿料の二割を自分の所得にする約束で働いているのである。清岡は門人同様の村岡に命じて、君江が歌舞伎座へ見物に行った帰途、安全剃刀の刃で着物の袂を切らせた。尤もその衣類は清岡が買ってやったものである。暫くしてから清岡はこれも三越で自分が買ってやった真珠入の櫛を、一緒に自動車に乗った時、その降り際にそっと抜き取って見た。君江はきっと泣いて騒ぐだろうと思いの外、さして気にも留めないらしく、清岡にもまた間貸しのおばさんにも別にそんな話さえしない様子であった。

君江は極めてじだらくで、物の始末をしたことのない、不経済な女である代り、着物もそれほど着たがらない事は清岡も不断から心づいてはいたものの、かくまで無頓着だとは思っていなかった。そこで、留守の中に窃と猫の児の死骸を押入の中に投込んで様子を見たが、これさえさほど恐怖の種にはならなかったらしいので、遂に清岡はわるくすると感付かれるかも知れぬと危ぶみながら、君江が内股の黒子の事を、村岡にいい付けて『街巷新聞』に投書させたのであった。これは大分君江の心を不安にさせたらしいので、清岡は内心それ見ろと幾分か胸のすくような心地がした。しかし一度目が覚めた後、君江の生活を探偵してみるといよいよ腹の立つ事ばかりなので、報復の手段も唯一時の悪戯ではなかなか気がすまないようになる。もっと激烈な痛苦を肉体と精神とに加えてやる機会を窺うため、清岡は十分相手に油断をさせ、こちらの胸中を悟られぬよう、以前にも増してあくまで惚れ込んでいるような様子を示すようにしていたが、平常心の底に蟠っている怨恨は折々われ知らず言葉の端にも現われそうになるのを、清岡は非常な努力でこれを押えていなければならない。

今方占者のはなしから、清岡は我知らず言過ぎたと心付き狼狽えて言いまぎらしたのも、実はこういう事情からである。このまま長く向い合って二階にいるのはよくないと心づいて、腕時計を見ながら、いかにも驚いたように、「もう十時半だ。そこまで一緒に出かけよう。」

君江の方でも昨夜泊ったままた湯にさえ入らぬ身のまわりを男に見廻されるのが、何となく辛くてならないので、何はともあれ一まず外へ出るに如くはないと考え、

「ええ。少し歩きましょう。お天気が好いと店へ行くのがいやになるわ。一日、日の目を見ずにいるんだから。」とぬぎ捨ててあった竪しぼの一重羽織を引掛けて、窓の障子をしめた。

「今日十一時だと明日は五時出だね。」

「ええ。だから、今夜店へいらしってよ。何処かゆっくり遊びに行きたいわ。いいでしょう。」

「そうだな。」と男は曖昧な返事をしながら帽子を取った。

「ねえ、遊びに行きましょうよ。どの道今夜はゆっくり遊ぶ日じゃないの。」と君江は既に梯子段の降口に出た清岡の身に寄添い、接吻してと言わぬばかりに顔を近寄せ、睫毛の長い目を軽くふさいだ。

清岡は憎い仕方だとは思いながら、もともと嫌いではない女のいかにも艶しく情を含んだ姿を見ると、その瞬間はさすがに日頃の怒りも何処へやら消え去って、生れつ

き売笑婦にでき上っているこういう女に対して、道徳上とやかく非難するのはあるいは過酷かも知れない。男の劣情を挑発する一種の器械だと思えば、自分の見ない処で何をしていても更に咎むべき事ではない。弄ぶだけ弄んで随意に捨ててしまえばそれでよいのだというような心持にもなる。忽ち進んで、それにしてもこの女がもすこし自分の心を汲み分け、その身を慎しんで、自分の専有物になってくれればという慾望が次第に強くなって来る。清岡は横を向いてさり気なく、

「とにかく夜になったら銀座で逢おう。その時にきめよう。」

「ええ。そうして頂戴。」と君江は急に明い顔になって一足先にばたばたと下へ降り、おばさんの手から雑巾を奪い取って、手ずから清岡の靴を拭いた。

市ヶ谷の堀端へ出る横町は人目に立つので、二人は路地から路地を抜けて士官学校の門前に出で比丘尼坂を上って本村町の堀端を四谷見附の方へ歩いた。昼前のことで、二人は並びながらも少し離れて話もせず、君江は日傘に顔をかくしていたが、ふとこの堀端は昨夜十二時過電車を降りてから矢田と手を引合って歩いた同じ道だと思うと、夜と昼との相違から、君江はどうして昨夜はあんな矢田のような碌でもない男の言う事をきく気になったのだろうと、自分ながらその腑甲斐なさに厭な心持がした。清岡さんがそれと知ったらどんなに怒ることだろうと、日傘のかげからそっと男の横顔を

窺うと、少しは気が咎めもするし、またいかにも気の毒でならないような心持もして、これからはカッフェーの帰り道にはなりたけ慎しんでその場かぎりの浮気は起すまいという気にもなる。せめての申訳というではないが、何やら急に清岡の事が恋しくなって、君江は歩きながら突と摺寄って人通りをもかまわずその手を握った。

清岡は君江が石にでも躓いて、そのために急に自分の手を握ったとでも思ったらしく、「どうしたんだ。」と言いながら、往来の人目を憚って溝際の方へ少し身を避けた。

「わたし、今日どうしても休みたいの。電話で断るわ。いいでしょう。」

「断ってどうするんだ。」

「あなたの御用がすむまで、わたしどこかで待っているわ。」

「夜になれば会えるんだから、休むにも及ばないじゃないか。」

「だって、わたし何だか急になまけたくなっちまったのよ。でも、あなたの御用の邪魔をしちゃアわるいわねえ。」

清岡はもともと用事があるのではない。君江の様子を窺いに不意と出て来たので、この場合振切って別れたなら、浮気な君江の事だから、今夜自分の行くまでに何をしだすか知れないと、つまらない事が妙に気になり出した。

君江の方ではこの年月いろいろな男をあやなした経験で、こういう場合には男がすこしは持て余すほど我儘を言った方がかえって結果の好い事を知っている。それにまた先刻占いのはなしから清岡の言った事が何となく気にかかってならぬ矢先、夜になるのを待たず一刻も早く男の心の打解けるような方法を取らなくてはならないと考えたのである。これも度々の実験で、君江は男がどんなに怒っていても結局その場に至れば訳もなく悩殺する事ができるものと、あくまで自分の魔力に信頼して安心している所がある。魔力というのは、生れつき君江の肌には一種の温度と体臭とがあって、別に技巧を弄せずとも一度これに触れた男は終生忘れることの出来ない快感を覚えるという事である。君江はこれまで一人ならず二人ならず、さまざまな男からお前はほんとの妖婦だなどと言われて、自分の肉体はそんなにまで男に強い刺撃を与えるものかと、次第に自覚した後熟練を積み、今では自分ながら深く信ずる所があるようになっている。

四谷駅の降り口近くまで歩いて来た時、君江は急に悲しいような遣瀬のないような表情を見せて、「じゃ、わたし、あんまり我儘をいうとわるいから、ここから円タクで行きますわ。」

「うむ。」とそっ気なく言ったが、清岡は君江の遣瀬なげな様子に気がつくと、その瞬間どうしたのか、昨日今日新に得た恋人と別れるような、何とも知れぬ残り惜しい心持になった。君江はわざとぼんやり清岡の顔を見詰めたまま、日傘の尖で砂利を突きながら立ちすくんでいる。

清岡は何もかも忘れて寄り添い、「いいよ。休んでしまえ。どこでもいい。一緒に行こう。」

「あなた。ほんとウ。」と君江は巧に睫毛の長い眼の中をうるませて徐に俯向いた。

五

府下世田ヶ谷町松陰神社の鳥居前で道路が丁字形に分れている。分れた路を一、二町ほど行くと、茶畠を前にして勝園寺という扁額をかかげた朱塗の門が立っている。路はその辺から阪になり、遥に豪徳寺裏手の杉林と竹藪とを田と畠との彼方に見渡す眺望。世田ヶ谷の町中でもまずこの辺が昔のままの郊外らしく思われる最も幽静な処であろう。寺の門前には茶畠を隔てて西洋風の住宅がセメントの門墻をつらねているが、阪を下ると茅葺屋根の農家が四、五軒、いずれも同じような藪垣を結いめぐらしている間に、場所柄からこれは植木屋かとも思われて、摺鉢を伏せた栗の門柱に引違いの戸を建て、新樹の茂りに家の屋根も外からは見えない奥深い一構がある。清岡寓と門の柱に表札が打付けてあるが、それも雨に汚れて明には読み得ない。小説家清岡進の老父熈の隠宅である。

初夏の日かげは真直に門内なる栗や楝の梢に照渡っているので、垣外の路に横たわる若葉の影もまだ短く縮んでいて、雞の声のみ勇ましくあちこちに聞える真昼時。じみな焦茶の日傘をつぼめて、年の頃は三十近い奥様らしい品のいい婦人が門の戸を明けて内に這入った。髪は無造作に首筋へ落ちかかるように結び、井の字絣の金紗の袷に、黒一ツ紋の夏羽織。白い肩掛を引掛けた丈のすらりとした痩立の姿は、頸の長い目鼻立の鮮な色白の細面と相俟って、いかにも淋し気に沈着いた様子である。携えていた風呂敷包を持替えて、門の戸をしめると、日の照りつけた路端とはちがって、静な夏樹の蔭から流れて来る微風に、婦人は吹き乱されるおくれ毛を撫でながら、暫しあたりを見廻した。

麦門冬に縁を取った門内の小径を中にして片側には梅、栗、柿、棗などの果樹が欝然と生茂り、片側には孟宗竹が林をなしている間から、その筍が勢よく伸びて真青な若竹になりかけ、古い竹の枝からは細い葉がひらひら絶間なく飛び散っている。栗の木には強い匂の花が咲き、柿の若葉は楓にも優って今が丁度新緑の最も軟かな色を示した時である。樹々の梢から漏れ落る日の光が厚い苔の上にきらきらと揺れ動くにつれて、静な風の声は近いところに水の流でもあるような響を伝え、何やら知らぬ小禽の囀りは秋晴の旦に聞く鵙よりも一層勢が好い。

婦人は小禽の声に小砂利を踏む跫音にも自然と気をつけ、小径に従って斜に竹林を廻り、此方からは見通されぬ処に立っている古びた平家の玄関前に佇立んだ。玄関には磨硝子の格子戸が引いてあるが、これは後から取付けたものらしく、家はさながら古寺の庫裏かと思われるほどいかにも堅牢に見える。しかしその太い柱と土台には根継をした痕があって、屋根の瓦は苔で青く染められている。玄関側の高い窓が明放しになっていたが、寂とした家の内からは何の物音も聞えない。窓の下から黄楊とドウダンとを植交えた生垣が立っていて、庭の方を遮っているが、さし込む日の光に芍薬の花の紅白入り乱れて咲き揃ったのが一際引立って見えながら、ここもまた寂としていて、花鋏の音も箒の音もしない。唯勝手口につづく軒先の葡萄棚に、今がその花の咲く頃と見えて、虻の群れあつまって唸る声が独り夏の日の永いことを知らせているばかりである。

「御免下さい。」と肩掛を取りながら、静に格子戸を明けると寂とした奥の間から、

「どなたじゃ。」という声がして、すぐさま襖を明けたのは、真白な眉毛の上まで老眼鏡を釣し上げた主人の熙であった。

「鶴子か。さアお上んなさい。今日は婆やはお墓参り。伝助も東京へ使にやって誰もおらん。」

「それじゃ、丁度よう御在ました。代りに何か御用をいたしましょう。」と婦人は包を持ったまま、老人の後について縁側づたいに敷居際に坐り、

「もう虫干をなさいますの。」

「いつという事はない。手がないから気の向いた時、年中やるよ。年寄の運動には一番いい。」

縁側の半ほどから奥の八畳の間に書帙や書画帖などが曝してある。障子も襖も明け放してあるので、揚羽の蝶が座敷の中に飛込んで来て、やがてまた庭の方へ飛んで行く。鶴子は風呂敷包を膝の上にほどいて、

「先日のお召物を仕立直してまいりました。あちらへ置いてまいりましょう。ついでにお茶でも入れてまいりましょうか。」

「そう。一杯貰いましょう。茶の間に到来物の羊羹か何かあったと思うが、ついでにちょっと見て下さい。」と老人は鶴子が座を立つのを見て縁側に曝した古書を一冊一冊片づけはじめた。五分刈の頭髪は太い眉毛や口髭と共に雪のように白くなっているので、血色のいい顔色はなお更赧らみ、痩せた小づくりの身体は年と共にますます矍

鑠としているように見える。やがて鶴子が番茶と菓子とを持って来たのを見て、老人はそのまま縁先に腰をかけ、

「暫く見えんから風邪でも引いたのかと思っていた。市中では今だにインフルエンザがはやるそうだな。」

「お父さまは去年からお風邪一つお引きになりませんのね。」

「今の若い者とは少し訓練がちがうからな。はははは。その代りふだん丈夫なものはころりと行くからな。当てにはならん。」

「アラ、そんな事をおっしゃるもんじゃありません。」

「むかしから頼みにならない事を、君寵頼み難し。老健頼み難しなどというじゃないか。はははは。進は相変らず達者か。」

「はい。おかげさまで。」

「その中ちょっと逢いたいと思う事があるのだ。実はこの間偶然電車の中でお宅の御兄さんにお目にかかってな……。」と老人は言いかけて咳嗽をしながら眼鏡越しに鶴子の顔を見た。鶴子はかえってさり気なく、

「何か、わたくしの話が出ましたの。」

「そうだ。わるい話ではない。お前の戸籍をこの後どうして置くかというはなしさ。

なりはじめの事はもうとやかく言った処で仕様のない事だからな。成事は説かず、遂事は諫めず、既往は咎めずという教もあるから、わしはいずれにしても異存はないと申上げて置いた。お前の家とわしとが承知なら、進は無論何とも言うはずはないわけだから、どうだね。早くその手続をしてしまったら、届書は区役所の代書にたのめばすぐ出来るから、印さえ押せばそれでいいのだよ。」

「はい。帰りましたら早速そう申します。」

「戸籍などはどうでもいいようなものだが、しかし人倫の道は正しいに越した事はない。幾年も夫婦同様にしていれば結局籍を入れるのがあたり前のはなしだからな。最初の事は能く知らんが、お宅のはなしではもう五年になるそうだな。」

「はい。たしか。」と鶴子はわざと言葉を濁して伏目になった。今更指を折って数えて見るまでもなく、鶴子は五年前、年齢は二十三の秋、前の夫が陸軍大学を出て西洋へ留学中、軽井沢のホテルで清岡進と道ならぬ恋に陥ったのである。先夫の家は子爵で、別に資産はなかったが、とにかく旧華族の家柄なので、世間の耳目を憚り親族は夫の帰朝を待たず多病といいなして鶴子を離別した。鶴子の家にはその時既に両親がなく、惣領の兄が実業界では相応に名を知られていたところから、衣食に窮しないだけの資産を鶴子に与えて生涯実家や親類の家へ出入する事を禁じた。その時分進はまだ駒込千駄木町にあった老父熙の家にいて、文学好きの青年らと同人雑誌を刊行していたのであるが、鶴子が離別されると間もなく父の家を去って鎌倉に新家庭をつくった。半年ほどたった時老父の熙は突然流行感冒で老妻を先立たせ、また文官年限令で帝国大学教授の職を免ぜられたので、これを機会に千駄木の家を人に貸して、以前から別荘にしてあった世田ヶ谷の廃屋に棲遅した。

世田ヶ谷の家には十年ほど前まで、八十歳で世を去った熙の父玄斎が隠居していた。玄斎は維新前駒場にあった徳川幕府の薬園に務めていた本草の学者で、著述もあり、専門家の間には名を知られていたので、維新後しばしば出仕を勧められたが節義を守ってこの村荘に余生を送った。今日庭内に繁茂している草木は皆玄斎が遺愛の形見である。

熙は初め中村敬宇の同人社に入り後に佐藤牧山と信夫恕軒との二家について学を修め、帝国大学を卒業後は直に助教授に挙げられ、老免せられるまで凡三十年漢文の講座を担任していたのであるが、深く時勢に感ずる所があったと見えて、平素学生に向っては、今の世の中に漢文学の如き死文字を学ぶほど愚な事はない。唯骨董としてこれを好むものが弄んでいればよいものだと称して、人に意見をきかれても笑って答えず、同僚の教授連とも深くは交らず、唯自家の好む所に従って専ら老荘の学を研究し、著書も少くはないのであるが、一として世に示したものはない。熙はその子の進が人妻と密通して世間を憚らず一家を構えたのを知って、深く憤りはしたものの、現代の青年男女は老人の訓戒などに耳を借すはずがないと、あきらめ切っているので、表向は何事も知らぬ振りで、実は義絶したのも同様、世田ヶ谷に隠居してから三年ばかりの間は一度も音信をしたことさえなかった。進の方でも父が平生の気質からその憤りを察して、これに反抗するため、わざとそれなりに月日を過していた。ところが老人は亡妻の命日に駒込の吉祥寺に往った時、一人の若い女が墓前に花を手向けているのを見て、不審のあまり、丁度狭い垣根の内のことで、女の方から気まりわるそうに辞儀をするまま、その名をきいて始めてその女が倅の妻の鶴子である事を知ったのである。老人は進の如き乖戻な男と好んで苦楽を偕にしているような女が、言わばその姑に当るものの忌日を知って墓参りをするとは、そもそもどうした訳であろう。そんな訳のあろうはずがない。年寄の耳の聞まちがえではないかという気もしたので、墓地の小径を並んで歩む折重ねてその名をきき直した。それが話の糸口になって、寺の門を出てから電車に乗って別れる時まで知らず知らず話をしつづけた。老人は平素現代の青年男女には道徳の観念は微塵もない。男は大抵乖戻放慢の徒で、女はまず禽獣と大差なきものと思込んでいる矢先、鶴子の言葉使いや挙動のしとやかな事がますます不可思議に思われ、更にまた、これほど礼節をもわきまえている女がどうして姦通の罪を犯したのであろうと、家へ帰った後も頻に心を労した末、ふと老人は鶴子が操を破ったのはあるいは放蕩無頼な伜に欺かれたためではないかという気がした。果してそうだとすると、実に気の毒な事だ。何となく親の身として申訳のないような心持がして来るので、その後老人は図らず新宿の停車場で出会った時は此方から呼びかけたくらいであった。それらの事から、鶴子はいつともなく世田ヶ谷の隠宅へ出入することを許されるようになったのであるが、しかし進との間柄については、二人とも何やら互に遠慮して、問いもせず言いもせず、そのままになっている。生計の事ではその後進は莫大な収入がある身となっているし、老人の質素な生活は恩給だけでも有り余るほどなので、互に家事向の話の出べき所がないわけであった。

世田ヶ谷の家には庭掃除の下男と雇婆がいるものの、鶴子は老人が日々の食事を始め衣類や身のまわりの事に不自由しているらしいのを見て、それとなく陰へ廻って気のつくかぎり世話をするようになった。表向きお世話をするといえば老人はきっとそれには及ばないと言うにちがいはない。かつまた、清岡の家には既に或医学博士に嫁した姉娘もあるので、鶴子はその手前をも憚って、何事も目に立たないようにひかえ目にしている。その態度や心持は月日と共におのずから老人の眼にもわかるようになったので、老人はいよいよ鶴子の胸中を気の毒に思い、心窃に倅進の如きものの妻にはむしろ過ぎたものと感服しなければならぬようになった。

老人は茶を飲み干した茶碗を膝の上に握りながら、「その中お宅へ伺ってお話を伺おうと思っているのだがね、年をとると、つい袴をはくのが面倒でな。そうかといって、初めて伺うのに着流ではあまり失礼だし、何か好い折がと思っているのだが、お前はその後もやはり出入りはせんのかね。」

「はい。そのままになっております。兄ばかりならかえって遠慮が御在ませんけれど、義姉の手前も御在ますから。」

「それは大きにそうかも知れない。」

「とにかくわたくしが悪いのにちがいは御在ませんのですから、別にどなたの事もお怨み申してはおりません。」

「その心持があればもう立派なものだ。」と言った時、曬した古法帖の上に大きな馬蠅が飛んで来たので、老人は立って追いながら、「過を改むるに憚ること勿れ。若い時の事はどうもいたし方がない。人間の善悪はむしろ晩節にあるのだよ。」

鶴子は何か言おうとしたが、自分ながら声が顫えはせぬかと思ってそのまま俯向くと、胸が急に一杯になって来て、どうやら眼が潤んで来るような心持がした。折好く勝手の方に人の声がしたのを聞付けて、これ幸とあわてて坐を立った。老人は馬蝿の飛び去る方を睨みながら、「酒屋か郵便屋だろう。うっちゃってお置きなさい。」と徐に石摺の古法帖を畳んだ。

鶴子は涙を見せまいと台所へ行って見ると、老人の言った通り、酒屋の男が醬油の罎を置いて立去るところであった。勝手口は葡萄棚のかげになって日の光も和げられ、竹藪の間から流れて来る風はひやりとするほど爽かである。女中部屋は雇婆が出がけに掃除をして行ったものと見え、火鉢の灰もならしたまま綺麗に片づいている。鶴子は酒屋の男の去った後あたりにはもう誰もいないと思うと、こらえていた涙が一時に溢れ落るのを急いでハンカチで押えた。この家のお父さまは何も知らずにいらっしゃるのであるが、自分と進との間柄は今では名ばかりの夫婦で、入籍するの、しないのというような状態ではない。夫の進は一昨日家を出たなり今夜も多分帰って来ないであろう。この二、三年原稿の製作を口実にして随意に外泊することはもう珍しくはない。いずれ二、三日すれば帰って来るであろうが、今のような状況では、自分を正妻にして籍を入れる事をまさかに拒みはしまいけれど、さして喜びもしない事は言わずと明である。事によればかえって迷惑そうな顔をしないとも限らない。と思うと、鶴子は老人の好意をかたじけなく思うにつけ、その好意を受ける事のできない身の上を省みて涙を催さずにはいられなかったのである。

進と鶴子との恋愛生活は鎌倉に家を借りていた間、わずか一年くらいのものであった。進は一躍して文壇の流行児になり、俄に売文の富を得るようになると、忽ち杉原玲子という活動写真の女優に家を持たせるばかりか、絶えず芸者遊びをするようになった。その後玲子が進を捨てて同業の俳優と正式に結婚をすると、進はすぐその代りにカッフェーの女給を妾にするという有様。鶴子は殆どあきれ返って、嫉妬の情を起すよりも次第に夫の人格に対して底知れぬ絶望の悲しみを抱くようになった。鶴子は女学校に通っていた時から、仏蘭西の老婦人に就いて語学と礼法の個人教授を受け、また国学者某氏に就いて書法と古典の文学を学んだ事もあったので、結局それらの修養と趣味とがかえって禍をなし、没趣味な軍人の家庭にはいたたまれなかった。それと共に自分から夫に択んだ文学者清岡進の人物に対しても永く敬愛の情を捧げている事ができなくなったのである。初め軽井沢の教会堂で人から紹介せられた時の進と、今は通俗小説の大家を以て目せられている進とを比較すると、全く別の人としか思われない。五年前の進は勉学の志を擲たない真率な無名の文学者であったが、今日の進は何といってよいのやら。思想上の煩悶などは少しもないらしい様子で、その代り絶えず神経を鋭くして世間の流行に目を着け、営利にのみ汲々としているところは先相場師と興行師とを兼業したとでも言ったらよいかも知れない。新聞に連載しているその小説を見れば、今まで世にありふれた講談や伝奇を現代の口語に書替えたまでの事で、忌憚なく言えば少し読書好きの女の目にさえ、これでは殆読むには堪えまいと思われるくらいのものである。鶴子は進が去年の暮あたりから或婦人雑誌に連載し出した小説を見た時、ふと六樹園の『飛弾匠物語』の事を思出して、娘の時分源氏の講義を聞きに行った国学者の先生が、いつも口癖のように今の文士にくらべると江戸時代の作者がどれだけ優れているか知れないと言ったことなどを夢のように思返した事もあった。平生家へ出入する進の友人を見れば、言葉使いから様子合いまで、いずれも兄弟かと思われるほどよく似た人ばかりで、二、三人集まればすぐ洋酒を飲み、胡坐をかいたり寝そべったりして、喧嘩でもするような高調子。その談話は何かと聞けば、競馬の掛けごとに麻雀賭博、友人の悪評、出版屋の盛衰と原稿料の多寡、その他は女に関する卑猥極る話で持切っている。

　鶴子は既に幾たびとなく決心して、折があったら進の家を去ろうと思っていた。今更兄の家の厄介にはなれないので、その当時義絶の証として与えられた金がまだ半分位は銀行に預けてあるのをたよりに、間借りでもして、何処かの事務員にでも雇われようとまで、すっかり覚悟をきめて、それとなく最後の破綻の来る時を待っていたが、進の方からはまさか手切金の請求を恐れたわけでもあるまいが、そのままに何事も言出さず、表向きはどこまでも令夫人らしく冷に崇め奉っているので、月日のたつにつれて、さすがに女の方から突然別ればなしを持ち出す訳にも行かず、つい言出しそびれて今日に至った。それやこれやの思いに暮れて、鶴子はハンケチを口に銜えたまま台所の柱に身をよせかけ、葡萄棚に集る虻の羽音を聞いていた。

突然人の跫音がしたので、鶴子はびっくりして様子をつくろうとしたが、眼の縁に残った涙の痕と、憂いに沈んだ顔の色とは俄にどうする事もできない。

老人は鶴子が勝手へ行ったまままいつまでも戻って来ないので、性の好くない行商人でも来たのではないかと、何気なく様子を窺いに来たのである。

「鶴子。心持でもわるいのじゃないか。何なら少しお休みなさい。」

「いいえ。別に。」と言いはしたものの、鶴子は身体の置場にこまって板の間にべったり坐った。

「顔色がよくない。」と老人は既に様子を察したものらしく、「わしは人から聞いたはなしは何事によらず他言はしない。むかし細井平洲という先生は人の手紙を見るとその場で焼いてしまったという事だ。心配せん方がよい。」

鶴子はこの時胸にある事は何もかもこの老人だけには打明けてしまいたい気になっ

て、縋るようにその足下に摺寄り、「お話したい事が御在ますの。わたくし、お父さまより外には、お話したいと思いましても、誰もお話する方が御在ませんから。」

「うむ。聞きます。先刻からどうも様子が変だと思っていた。」と老人は酒屋の男が明放しにして行った勝手口の硝子戸に心づき、手を伸してそれを閉めた。

「お父さま。あのおはなし。あれはもう、折角の思召しで御在ますけれど、実はもう、なんにもならない事だと存じますから。」と涙を啜った。

「そうか。家がうまく行っておらんのか。困ったものだ。お前の考はどうだ。この末望みがないのか。」

「今のところ、別にどうという事も御在ませんけれど、籍を入れましても、ほんの名義だけの事で、いつどういう事になるか分りませんから、かえってこのままの方がよくはないかしらと、そういうような心持もいたします。わたくし、ほんとに我儘な事ばかり申しまして……。」

「いや、それで事情は大抵わかりました。お前に向って進の事を悪くいっては甚　気の毒だが、これは進ばかりには限らん事で、今日文学を弄ぶ青年に物の道理を説いてきかしてもわかるはずはない。わしは長年教師をしていたからそのくらいの事はよく知っています。見込みのあるものなら、呼びつけて意見もして見るが、わしはまず駄目だとあきらめている……。」

「わたくしが、何か申上げたようになりましても困りますし……。」

「それは今も言う通り、わしは一切何も言いません。しかしこのままにして置いたら、行末お前が困るでしょう。それが気の毒だ。」

「いいえ。わたくしは、もうどの道、若い身空でも御在ませんから、行先の事は別にそれほど心配してはおりません。長い間には宅の心持もまたどんな事で直らないとも限りませんし……。」

「うむ。うむ。」と老人は立ったまま腕を拱いて嘆声を発したが、裏木戸の方に音のするのを聞きつけ、「伝助が帰って来たらしい。あっちで話をしましょう。」

老人は手を取らぬばかりに鶴子を急き立てて勝手から立ち去った。

六

雨は降っているが、小降りで風もなく、雲切れのし始めた入梅の空は、まだなかなか暮れきらぬ七時頃。富士見町の待合野田家の門口へ自動車を乗りつけた三人連。一人は清岡の原稿売込方を引受けている駒田弘吉という額の禿げ上った鰐口の五十男に、一人は四十あまり、一人は三十前後の、一見していずれも新聞記者らしい眼鏡をかけた洋服の男である。駒田が先に格子戸を明け、靴をぬぐ間から女中にからかいながら、どやどやと表二階の広い座敷へ通る。前以て電話が掛けてあったものと見えて、煙草盆に座布団も人の数だけ敷いてあって、煉香の匂がしている。「お風呂がわいております。」と女中の挨拶に、間もなくこの土地では姉さん株らしい三十近い年増と、二十前後の芸者が現われ、女中の運び上げる料理の皿を卓の上に並べる。

駒田は現在『丸円新聞』に連載せられている清岡の小説がほどなく半月くらいで完結する見込なので、早くも別の新聞社へ交渉して次の原稿を売込む相談をまとめたところから、編輯長へは内々で割戻しの礼金も渡してしまい、部下の記者は待合に連れて来て酒肴を振舞い芸者をあてがう腹である。

「先生も、もうそろそろお出ででしょう。構いませんから先へやりましょう。」と駒田は盃を年上の記者にさして吸物椀の蓋をとる。

「僕はどうも飲む方は得意でない。」と年上の記者は芸者に酌をさせながら、「まず箱なしの一方というやつだ。」

「恐入りましたね。売ッ児はそれでなくっちゃいけません。」

「お前、どこかで見たことがあるな。思出せないが。まさかカッフェーでもあるまい。」

「いいえ。そうかも知れませんよ。この頃は芸者が女給さんになったり、女給さんが芸者になったり、全く区別がつきませんからね。」

「芸者から女給になるのはざらだが、カッフェーから芸者になるのは少いだろう。」

「少いこともないわ。随分あってよ。ねえ。姐さん。」

「そうか。随分いるのか。それは驚いた。」

「そうねえ。五、六人……さがしたらもっといるかも知れないことよ。」

「銀座あたりにいた奴はいないか。」

「辰巳家からこの間お弘めした児、なんていったっけ……。」と年増が飲みかけた盃の手を留めて、眉を寄せ、「あの児はたしか銀座にいたんだわね。」

「新橋会館よ。」と若い方の芸者が直に答えた。

「新橋会館に。そうか。いつ時分だろう。」と今まで黙っていた若い記者が急に卓を押し出したので、駒田は女中を見返り、

「その芸者を掛けろ。おい。名前は何ていうんだ。」

「辰巳家の辰千代さん。」と若い芸者が名ざしをしたので、女中はすぐさま立ちかけた時、下から、「お花さん。お客様がお見えになりました。」

「先生だろう。」と駒田は襖の方を見返りながら、少し席を譲る間もなく、梯子段に跫音がして、パナマ帽を片手に、鼠セルの二重廻を着たまま上って来たのは、清岡進である。

「おそくなって失礼しました。」と進は年増の芸者に帽子と二重廻を渡し、お召の一重物に重ねた鉄無地一重羽織の紐を結直しながら、卓の上に小皿と箸の置いてある空席に坐る。年輩の記者は既に知り合っていると見え、若い記者を紹介したので、直様茶ぶ台の上で名刺の交換が始まった。女中が芸者の返事と共に銚子を持って来て、

「辰千代さん。すぐ伺います。」

「ほんとに皆さん、あがらないのね。」と年増が新しい銚子を受取って、「あなた。お一ツ。」

「一向景気がつかないようだね。」と清岡は酌をさせながら、駒田を顧み、「まだ後から来るのか。」

「目下大に選定中なんですよ。まだ外に知らないか。女給芸者がいるから、ダンサー上りや女優上りもいるだろう。どうせ、呼ぶなら変ったのがいい。」

「こちら、ほんとに物好きねえ。」

「家にもこのあいだまで一人変ったのがいたんだけれど、誰がいいかしら。」

「姐さん、ほら。桐花家さんの。評判じゃないこと。」

「ウム。京葉（きょうは）さん。」と年増は膝を叩（たた）いて、「あの人ならむしろダンサー以上。逆立（さかだち）くらいやり兼ねないわ。」

「その代り大変な御面相だろう。」

「ところが綺麗で、色っぽいのよ。何しろこの土地で一番いそがしい人ですもの。」

「いやに宣伝するなア。いくらか貰（もら）っているな。とにかく呼べ呼べ。」と駒田はすこし酔い始めたらしく大分元気づいて来たが、清岡は桐花家京葉の名を聞くと共に、去年残暑の頃の一件を想起して厭（いや）な心持がしたが、この場合よせとも言えないので、素知らぬ顔をしていると、年増の芸者は座談に興を添えるつもりで、

「わたしだって、もう三、四ツ年がわかければ芸者なんぞやめて銀座へ押出しますわ。女給さんの方がとにかく表面（うわべ）だけは素人（しろうと）なんですからね。何をするにも胡麻化（ごまか）しがききますよ。わたし、つくづくそう思っているのよ。わたしの家のすぐ隣が待合さんなのよ。その家へいろいろなお客さまを連れて来る女給さんがあるのよ。家が建込んでいるから、窓から首を出せば障子一重で、話はみんな聞えてしまうのよ。身丈（せい）がすらりとして、身なりは芸者衆よりいい位だから、銀座でもきっと一流のカッフェーでしょうよ。いつでも来るのは朝早いのよ。九時前の時もあるわ。それから正午（おひる）になるか

ならない中お立ちだわ。こっちは九時や十時じゃやっと眼がさめた時分でしょう。それに今のところ抱はいないし家の内はしんとしているから、つい耳をすまして聞く気になるのよ。」

清岡はだまって若い方の芸者に酌をさせている。記者は二人ともいかにも面白そうに、「うむ、それから、それから。」とあおり立てるので年増も興にまかせて、

「相手のお客様は時々ちがうらしいのよ。だけれど、いつでも君さん君さんというから、きっと君子さんとか君代さんとかいうんでしょうよ。実にすごいものよ。いつだったか感心しちまった事があるわ。」

清岡は上目づかいにじろりと記者の顔を見た。駒田も年を取っているだけ、すぐに気がつき、芸者のはなしがドンフワンの君江の事でなければいいがと心配したらしく、それとなく記者の方を見たが、記者は二人とも案外銀座のカッフェーの事には明くないと見え、別に心当りもない様子で、「感心したというのは一体どういう事なんだ。芸者よりも濃厚だっていうのか。」

「それァ勿論そうよ。まアお聞きなさいよ。虚言見たようなはなしだけれど……。」

駒田はとにかく長く話をさして置いてはいけないと、気転をきかして、「おい。さっき呼んだ芸者はどうした。催促するようにそう言って来い。」

「はい。」と立上ったのは若い方の芸者なので、駒田は更に、「おれはそろそろ飯をくおう。」

「僕もつき合いましょう。」と酒を飲まない記者が駒田に同意した。御飯の給仕やら番茶の入替やらで、どうやら年増芸者のはなしも中絶した時、辰千代という女が明けてある襖の外に手をついた。

年は二十ばかり。つぶしの島田に掛けたすが糸も長目に切り、薄紫に飛模様の裾を長々と引いているので、肉付のいい大柄な身は芸者というよりも娼妓らしく見られた。

「銀座にいたのはお前か。」

「ええ。そうよ。」と辰千代はむしろ得意らしい調子で、「あっちでお目に掛かったかしら。何しろわたし眼がわるいんでしょう。だから失礼ばっかりしているのよ。」

年増の芸者は辰千代が自分の方には見向きもせず独りでぺらぺらしゃべり続けるのを、さも苦々しそうに尻目に見返したが、此方は一向気がつかない様子で、さされる盃を立てつづけに二杯干して若い記者に返しながら、「こっちへ来てから一度も銀座の方へ行かないから、きっと変ったでしょうね。今どこが一番賑なのかしら。」

「お前、先に何処にいたんだ。コロンビヤか。」

「あら、失礼しちゃうわ。新橋会館よ。」

「どうして芸者になったんだ。あんまり発展しすぎて睨まれたんだろう。」

「そう仰有るけれどカッフェーは割に堅いことよ。何しろ昼間から夜の十二時まではちゃんとお店にいるんですもの。」

「十二時から先のはなしさ。」

「十二時から先は誰だって寝るんじゃないの。夜通し起きてはいられないじゃないの。ねえ。あなた。」

その時同じく潰島田に結った小づくりの年は二十二、三の芸者につづいて、ハイカラに結った身丈の高い十八、九の芸者が来て末座に坐る。清岡は小づくりの女が京葉だということは、いつぞや市ヶ谷八幡の境内から窃に君江の跡をつけた晩、一生涯忘れるはずのないほどはっきり見覚えている。しかし相手には自分の顔を見知られない方が何かの場合都合がいいと思って、その後二、三度この土地へあそびに来た時も用心して逢わないようにしていたので、自然横を向いて煙草の烟ばかり吹いていると、駒田は飯をすませて廊下へと立つ。

「駒田さん。ちょいと。」と女中が裏梯子の方へ引張って行って、「お北姐さん。丁度二本になりますから、もう帰してもよろしいでしょう。」

「後の奴はみんな間に合うのか。」と駒田は時計を見た。

「菊代さんだけ少し高いんですけれど。」

「そんならそれも帰してしまえ。どの道、おれはいらないんだから、三人残して置けばいい。」

「じゃア、京葉さんに、辰千代さんに、松葉さん。」と念を押して、「どういう風にしましょう。」

女中が相方をきめるのに困っているらしいのを見て、駒田は厠から帳場へ姿をかくし、それから清岡を呼出し、座敷には招待した記者二人を残して好きな芸者を択り取らせる事にした。

「そう致しましょう。」と女中はまず年増芸者を帰すように座敷へ行って見ると、若い記者は女給上りの辰千代を膝の上に載せて窓に腰をかけ外を見ながら、流行唄を唄っているので、これはそのままにして、年上の記者に耳打をした。清岡は様子を察して何とつかず立って厠へ行き、駒田をさがす振りで裏梯子から下へ降りて、再び二階の座敷へ戻って見ると、記者の姿は二人とも見えず、女中が脱いである洋服の上着と折革包とを持ち、立ちかけた京葉に、「三階のすぐ突当り。」と教えているところであった。清岡は何事も気のつかない振りをして、窓の敷居に腰をかけると、一人取残された身丈の高いハイカラの芸者は、その場の様子から清岡を自分の出る客と思ったらしく、「もう霽れたようね。」と言いながら並んで腰をかけた。

雨はいつか歇んで、両側とも待合つづきの一本道には往来する足駄の音もやや繁くなり、遠い曲角の方でバイオリンを弾く門附の流行唄が聞え出した。

「今帰ったお北の家はどこだ。富士見町の方か。」と、清岡は何の訳もないような風できいて見た。実は先刻その女のはなしをした隣りの待合の事が気になっていたからである。

「いいえ、三番町もずっと先の方……。」

「それじゃ、女学校か何かある、あっちの方か。」

「ええ。そうよ。わたしの家もお北姐さんの家のすぐそばだわ。」

「そうか。お北の家の隣りは待合だっていうじゃないか。」

「ええ。千代田家さんでしょう。先どなりがお北ねえさんの家で、手前の方がわたしのいる家なのよ。」

「そうか。それじゃその家にちがいない。背中合せになっている待合がありゃアしないか。」

「何だか変ねえ。」

「義理があるから、今度行こうと思っているんだけれど、様子がわからないからさ。」

「あの辺でお茶屋さんは千代田家さんだけだわ。何しろ許可地の一番はずれですもの。」

女中が三階から降りて来て、「どうぞ。」と言ったが、清岡はあまりぞっとしない芸者なので、

「ちょっと用があるんだが、駒田はどうした。まだ帰りゃアしまい。」

「先ほどお帳場で旦那とお話していらっしゃいました。見て参りましょう。」

女中が立ちかけた時、駒田は上着のかくしへ大きな紙入を差込みながら、表梯子を上って来た。駒田は商売の取引ならば待合でもカッフェーでも何処へでも出入りするが、自分では滅多に女など買ったことのない男で、新聞社の営業部に勤めていた頃から株相場や家屋地所の売買に手を出し、今では大分身代をつくり上げたという噂であるが、それにもかかわらず、電車の出来ないむかしから、今以て四谷寺町辺の車さえ這入らぬ細い横町の小家に住んでいる。清岡は駒田の事を爪に火をともす流儀の古風な守銭奴だと思っている。

「駒田君。帰るなら一緒に出よう。まだ時間は早いし、どうせ電車だろう。」

「君はこれから銀座へ廻るのかね。」

「イヤ、彼奴はもう止めだ。君も知っているような始末で、ああ見さかいなしに誰で

も御座れじゃ、全く名誉毀損だからな。すこし相談したい事があるんだ。とにかくぶらぶら出かけよう。」

「アラ、ほんとにお帰りなの。」と芸者はさも驚いたような顔をしたが、清岡は見向きもせず、丁度窓際の柱に呼鈴の紐がついていたのを引寄せて、ボタンを押した。

駒田は清岡と共に表梯子を降りながら、急に思出したらしく、送り出す女中を顧て、

「おいおい。お泊りのようだったら芸者は明日の朝時間通りに帰してしまえ。」

「それはもう承知しております。」

「別に忘れ物はなかったな。マッチを貰って行こう。」と駒田は靴をはきながらも、さすがに抜目がない。

「またどうぞ。お近い中に。」という声を後に二人は格子戸をあけて外へ出ると、雨あがりの空には月が出ていて、色町の横町はいかにも夏の夜らしく、往来する女の浴衣が人の目を牽く。

「駒田君。これから、赤坂までつき合わないか。」

「この頃はあの方面ですか。」

「カッフェーももう飽きたからね。やっぱり芸者が一番いいな。少しピンとしたやつをどうかしようと思っているんだがね。」

「どうかすると言うのは、身受でもしようというはなしですか。それは考物ですよ。」

「君に相談すれば、きっとそう言うだろうと思っていたんだ。」

「まとまった金を出すことはとにかく止した方がいいですよ。芸者の身受も将来奥さんになれるとか何とかいう目当があれば、女の方もそのつもりで真面目になるでしょうが、そうでなければ、きっと面白くない事が起って結局お止めになるんですからな。」

「将来は、僕の方だってわからない。また一人になるかも知れないし……。」

「そうですか。風雲頗急ですな。」

「イヤ、まだそれほどの事でもないんだがね。どういうもんだか、家へ帰ると陰気になっていけない。」

清岡は問われるままに、家の事情を委しく語りたいと思いながら、さてどういう風に、何からはなし出したらいいものかと考えながら歩いて行く中、忽ち富士見町の電車停留場に来てしまった。そもそも清岡には最初から鶴子を正妻に迎えるほどの堅い決心があったわけではない。唯折々人目を忍んで逢瀬をたのしむくらいに留めて置くつもりであったが、女の方が非常にまじめで、事件が案外重大になってしまったので、どうする訳にも行かず、幸女がその兄から金を貰ったのを聞いて鎌倉に家を借りて同棲したような次第であった。勿論人の妻として才色両つながら非の打ちどころのない事は能く承知しているが、その後清岡は月日の立つにつれて自分の品行の修らないところから、何となく面伏な気がしだして、冗談一ッ言うにも気をつけねばならぬような心持がして窮屈でならなくなった。それがため、一日に一度はどうしてもカッフェーか待合に行って女給か芸者を相手に下らない事を言いながら酒を飲まなければ心淋しくてならないような習慣になった。清岡は女給の君江がもうすこし乗気にさえなってくれれば、明日といわず即座にカッフェーなり酒場なり開業させようと思いながら、そういう相談には君江ではいかにも頼みにならないところから、いっそ方面を転じて、これぞと思う芸者の見つかり次第、芸者家でも出させて見ようかという気になっている。実はそれらの相談もして見たいと思って、駒田を誘い出したのであるが、駒田は電車が近づくのを見ると、早くも折革包を抱え直して、年寄りのくせに飛乗りでもしかねまじき様子。清岡は忽ち興がさめて、

「それじゃ失礼。僕はちょっと寄るところがあるから。」

「あした。午後は丸円社にいますから、御用があったら電話をかけて下さい。」と駒田は電車に乗った。

時計を見ると十時である。清岡はこのまま家へ帰れば、さしておそいというでもな

く、丁度好い時間だとは思いながら、夜ふかしに馴れた身は、何となく物足りない気がして、もう一軒どこへか立寄ってからでなくては、どうしても足が家の方へは向かない。しかし今時分、丁度酔客の込合う時刻には、銀座のドンフワンなどへは君江との関係もあるところから、うかうか一人では行かれない。銀座辺の飲食店を徘徊する無頼漢や不良の文士などから脅迫される虞もあり、また君江が酔客を相手に笑い興ずるのを目の前に見ているのも不愉快である。清岡はこれから立寄るべきところは、まずこの間から折々出かける赤阪の待合より外にはないと思いながら、しかし目ざした芸者は既に五、六度呼んでいるにもかかわらず、今もってなかなか承知する様子がないので、今夜あたりも大抵話はまとまるまいと思うと、行かない先から、何やらむやみに腹立しい心持になって来る。しかしこの腹立しさもよくよく考えて見ると、あの芸者が自分の意に従わないという事から発しているのではなくて、その原因はやはり君江に対する平素の憤りから起っている。君江がもし自分の思うようにさえなっていれば、何もあんな芸者にふられるような馬鹿な目に遇わなくてもすむ事だと思うと、一時ゆるがせにしていた報復の悪念がまたしてもむらむらと胸中に湧き立って来る。清岡が君江に対して、何よりも腹が立ってならないのは、平素君江が何の心配もなく面白そうに日を送っている事で、その次には君江が名声籍々たる文学者の恋人である事をさほど嬉しいとも思っていないように見える事である。もし自分が関係を断つような事があっても女の方では別に名残惜しいとも思わないように見える事である。君江は自分との関係が断えればかえってそれをよい事にして、直様代りの男を見付けて、今と同じように、たわいもなく浮々と日を送るに相違ない。虚栄と利慾の心に乏しく、唯懶惰淫恣な生活のみを欲している女ほど始末にわるいものはない。こういう女を苦しめるには肉体に痛苦を与えるより外には仕様がないかも知れない。といって、まさかに髪を切ったり、顔に疵をつけたりする事もできないとすれば、まず二、三カ月も床につくような重い病気に罹るのを待つより外に仕様がないわけである。そんな事を考えながら足の向く方へとふらふら歩きながら、ふと心づいて行先を見ると、燈火の煌々と輝いている処は市ヶ谷停車場の入口である。斜に低い堀外の町が見え、またもや真暗に曇りかけた入梅の空に仁丹の広告の明滅するのが目についた。

君江の家はあの広告のついたり消えたりしている横町だと思うと、一昨日から今夜へかけてまず三日ほど逢わないのみならず、先刻富士見町で芸者から聞いたはなしも思い出されるがまま、とにかくそっと様子を窺って置くに若くはないと思定め、堀端を歩いて、いつもの横町をまがった。

角の酒屋と薬屋の店についている電燈が、通る人の顔も見分けられるほど隈なく狭い横町を照している。清岡は去年から丁度一年ほど、四、五日目にはここを通るので、店のものにも必顔を見知られているにちがいないと、俄に眉深く帽子の鍔を引下げ、急いで通り過ると、その先の駄菓子屋と煙草屋の店もまだ戸をしめずにいたが、ここは電燈も薄暗く店先には人もいない。路地の入口の肴屋はもう表の戸を閉めているので、ちょっと前後を見廻し、暗い路地へ進入ろうとすると、その途端にばったり行き会ったのは間貸しの家の老婆である。闇にまぎれて知らぬ振りで行き過ぎようとしたが、老婆は目ざとく、「アラ旦那。」と呼びかけ、「一歩ちがいで、まア能う御在ました。不用心ですから鍵をかけて、お湯へ行こうと思ったんですよ。お君さんも今夜はお早いんですか。」

「イヤちょっと市ヶ谷まで用事があったから、寄って見たんだよ。帰って来るまで、とても待ってはいられないから、今夜寄ったことは黙っていておくれ。また心配するからなア。」

「じゃ、お茶一ツ上っていらっしゃいまし。」

「でも、おばさん、お湯へ行くんだろう。」

「ナニ、あなた。まだ急がないでもよう御在ます。」

清岡は振切って去るわけにも行かず、勧められるがまま老婆の寐起している下座敷に通り長火鉢の前に坐った。座敷は二階と同じく六畳ばかり。壁も天井も煤けて、床板も抜けた処さえあるらしいが、隅々まで綺麗に片づいていて、障子や襖紙の破れも残らず張ってあるなど、もし借手さえあればここも貸間にするのかとも思われるくらいである。床の間には一度も掛替えたことのないらしい摩利支天か何かの掛物がかけてあって、渋紙色に古びた安箪笥の上には小さな仏壇が据えられ、長火鉢にはぴかぴかに磨いた吉原五徳に鉄瓶がかかっている。こういう道具から老婆の年齢も大方想像がつくであろう。老婆が口ずから語る所によれば、日露戦争の際陸軍中尉であった良人が戦死してから、下女奉公に行ったり派出婦になったりまた手内職をしたりして、一人の娘を養育したが、その娘は幸いにも資産のある貿易商の妻になり、夫婦とも現在は亜米利加に居住していて、老婆には不自由のないように仕送りをしているとの事である。しかし人の噂では、娘からの仕送りは真実であるが、娘は始め西洋人の妾になり子供が出来てそのまま旦那の本国へ連れられて行ったのだともいう。いずれが真実やら、清岡は定めかねているのみならず、君江が始めどうしてこの家の二階を借りたのやら、そして何故、もっと場所柄のいい綺麗な家へ引移らずにいるのやら、その事情もはっきり知ることが出来ないのである。老婆は中尉の妻だったというが、現在の様子や物の言いざまから見れば、本所浅草辺の路地裏によく見るような老婆で、生れも育ちも好くない事は、酒屋の通帳がやっと読める位。洋服を着て髯を生した人をわけもなく尊敬する事などから万事は大抵想像されるのである。清岡はこの老婆に向って、自分の来ない間君江が何をしているかを、今更きいて見たところで、何の得るところもないだろうと思っているので、日頃の鬱憤などは顔色にも現わさず、努めて機嫌のいい調子をつくり、

「カッフェーへ行くといろいろな人に逢うんで実に困るのだよ。だから夜は前を通ってもなりたけ入らないようにしているのさ。」

「それが能御在ますよ。御身分のある方はつい人が目をつけて、何のかのと噂をしたがるもんですからね。オヤもう十一時ですね。」と婆は隣の時計の鳴る音を聞きつけ、箪笥の上の八角時計を見上げ、

「旦那、もう一時間お待ちになればいいんでしょう。待ってお上げなさいましよ。火鉢に火でもついで置きましょう。」

「おばさん。何も今夜にかぎった事じゃない。あしたゆっくり来るからさ。」と清岡は敷島の袋を袂に入れたが、婆は最初から清岡が時ならぬ時分この近所を徘徊していたらしい様子といい、また日夜見知っている君江のふしだらとを思合せて、大抵それと察しながら、これもわざと気のつかない振をして、

「それでも旦那、お待たせして置かないと、後で君江さんに叱られますから。」

「だまっていれば知れやしない。」

「それでも何だかわたしの気がすみませんからさ。酒屋の電話をかりて掛けて来ましょう。」と婆は長火鉢の曳出しをさぐって、電話番号をかいた紙片を取り出した。

「それじゃ、とにかく帰るまで二階にごろごろしていよう。十二時には帰って来るにきまっているんだから、電話なんぞ掛けないでもいいよ。」と清岡は立ちかけて、「おばさん、留守番をしているから、何なら湯へ行ってお出で。」

清岡は老婆を銭湯にやり、二階へ上って、秘密の手紙でもあったら手に入れようという下心。老婆は前々から不意の事が起ったら電話で知らせるように君江からくれぐれも頼まれているので、銭湯への道すがら酒屋か薬屋から電話をかけるつもりで、電話番号の紙片を帯の間にはさみながら出て行った。

七

おばさんから電話がかかった時、君江は折よく電話室に近いテーブルのお客と飲んでいたので、呼ばれるが否や、すぐに立って電話を聞いたが、もう三、四十分で店のしまう刻限、大分酔が廻っている上に、あたりの騒々しさに、清岡先生の来ていることだけは通じたけれど、それについておばさんのくどくど言うことは一向に聞取れなかった。とにかく今夜は清岡さんの来べき晩ではなく、かつまた前以て何のたよりさえなかったところから、君江は安心して既に宵の口に木村義男という洋行帰りの舞踏家とどこへか泊りに行く約束をしてしまった所へ、その後二、三度馴染みになった自動車輸入商の矢田さんが来て、カッフェーの帰りに春代と百合子の二人をも誘って、松屋呉服店の裏通にこの頃開店した麗々亭とかいうおでん屋へ是非とも寄ってくれ。外に約束があるなら一時間でも三十分でもよいからと言って、一度外へ出てから、今方再び立戻って来て、四、五人の女給にいろいろな物を食べさせている最中である。これと殆ど前後して、いつもカッフェーなどへは来た事のない松崎さんという老紳士が今夜にかぎってひょっくり姿を現した。尤も東京駅へ人を送りに行った帰りだという事である。

銀座通のカッフェーはこのドンフワンに限らず、いずこも十時過ぎてから店のしめ際になって急に込み合って来るのが常である。絶間なく鳴りひびく蓄音機の音も、どうかすると掻消されるほど騒しい人の声やら皿の音に加えて、煙草の烟や塵ほこりに、唯さえ頭の痛くなる時分、君江は自分ながらも今夜は少し酔い過ぎたと思っている矢先、目の前には三人の男が落ち合ったのみならず、家の方にも待っているものがあると聞いて、どうしてよいのやら、殆ど途法に暮れてしまった。今夜にかぎって、どうしてこうも都合が悪るいようになったのだろうと、自分の身よりも罪のない他人を恨むばかり。一層この場で酔いつぶれてさえしまえば周囲の者が結句どうにか始末をつけてくれるだろうと、君江は松崎老人の卓に来て、

「今夜わたしべろべろに酔って見たいのよ。オトカを飲まして頂戴。」

「何かいざこざがあるな。お客と喧嘩でもしたのか。」と松崎は年を取っているだけ、すぐに気がついたらしい。

「いいえ。そうじゃないのよ。だけれど。」

「だけれど。やっぱりそういう訳じゃないかね。」

君江は返事に窮って黙ってしまったが、その時ふと、この老人とは女給にならない以前からの知合いで、身の上の事は何もかも承知している人だから、内々打明けて相談した方がよいかも知れないと思いついた。折好くテーブルには一人も女給がいないので、君江はぴったり寄添い、

「今夜、わたしこまってしまったのよ。こんな都合のわるい事は始めてだわ。」

その語調と様子とで、松崎は忽ち万事を洞察したらしく、「おれはもうすぐ帰るつ

もりだよ。今夜は唯カッフェーの景気を見物に来たばかりさ。逢うのはその中ゆっくり昼間にしよう。」

「すまないわねえ。あなた、怒らないで頂戴。よくって。」

「おこるものか。おれにはもう分っている。お客がかち合っているんだろう。」

「さすがに小父さんだけあるわねえ。どうして分るんだろう。」と君江は松崎の耳に口を寄せて今夜の始末を包まずに打明け、「何かうまい工夫はないかしら。」

「いくらでもあるさ。わけはない。」と松崎はすぐに一策を授けた。それは先カッフェーの帰り大急行で一人のお客を待合へ連れて行き、どうしても泊るわけには行かないからと、暫くしてから、男が帰り仕度をしない中、お先へ失礼と言ってあわてて帰る振りで、別の座敷へ姿をかくす。その前に極く懇意な友達の女給に頼んで市ヶ谷の家へ寄ってもらい、間貸しのおばさんに、或お客様が自動車で送ってやるからと言うので、何の気もなく一緒に乗ったところ、無理やりに待合へ連れて行かれた。仕様がないから芸者を呼ばせお酒だの御料理だの取らせている間に、自分だけ隙を見て逃げ出して来たのだから、急いで君江さんを迎いに行ってくださいと、言うのだ。そうすればきっと清岡が自身でその待合へやって来るにちがいはない。それまでにたっぷり一時間あまりはかかるから、その間にお客の一人位お前の腕ならどうにでも始末はつけられるはずだ。もう一人のお客には、人目を憚るからと口実を設けて、一人先へ別の家へ行かして、気の毒だが、その方はそれなり寐こかしを喰わしてしまうのだ。勿論その時はひどく怒るだろうが、怒るほど内心未練が強くなるのにきまっているから、翌日必恨みをいいにやって来る。その時思うさま嬉しがらしてやれば効果はむしろ平穏無事の時より以上になるだろう。松崎は刈り込んだ半白の口髭を撫でながら、微笑して、「しかし、こういう仕事をするには、呑込の早い、気のきいた家でなくっちゃいけない。心安い家でうまい処があるか。」

「そうね。牛込の彼処はどう。諏訪町時分にあなたとも二、三度行った家さ。この頃三番町にもちょいちょい往くところがあるのよ。」

その時持番の女給が来たので、君江は取りとめのない冗談を言いながら立って行った。松崎はもう半時間ばかりたてば戸をしめる時間になるので、その間に君江のお客はどんな人か。また君江が果してどういう行動を取るかをも見究めたいような心持もしたが、それまで自分がここに居坐っていてはやりにくかろうと察して、ほどなく勘定を払って外へ出た。両側の商店は既に灯を消し戸を鎖している。夜肆も宵の中雨が降っていたのと、もう時間がおそいのとで、飲みくいする屋台店が残っているばかり。銀座の大通りは左右のひろい横町もともども見渡すかぎりひっそりしていて、雨気を含んだ闇の空と、湿った路(みち)の面(おもて)に反映するカッフェーや酒場の色電燈が目につくばかりである。劇場や興行物は既に一時間ほど前には閉場しているので、今頃ぶらぶら歩いている男女は悉(ことごと)くカッフェーへ出入するものとしか思われない。通り過る電車は割合にすいていて、辻自動車ばかりが行先の見えぬほど街の角々に徘徊している。

松崎は今ではたまにしか銀座へ来る用事がないので、何という事もなく物珍しい心持がして、立止るともなく尾張町の四辻(よつつじ)に佇(たたず)んだ。そしてあたりの光景を観望すると、いつもながら今更のようにこの街の変革と時勢の推移とに引きつづいてその身の過去半生の事が思返されるのである。

松崎は法学博士の学位を持ち、もと木挽町(こびきちょう)辺にあった某省の高等官であったが、一時世間の耳目を聳動(しょうどう)させた疑獄事件に連坐(れんざ)して刑罰を受けた。しかしそれがため出獄の後は生涯遊んで暮らせるだけの私財をつくり、子孫も既に成長し立身の途についているものもある。疑獄事件で収監される時まで幾年間、麹町(こうじまち)の屋敷から抱車(かかえぐるま)で通勤したその当時、毎日目にした銀座通と、震災後も日に日に変って行く今日の光景とを比較すると、唯(ただ)夢のようだというより外はない。夢のようだというのは、今日の羅馬(ローマ)人が羅馬の古都を思うような深刻な心持をいうのではない。寄席(よせ)の見物人が手品師の技術を見るのと同じような軽い賛称の意を寓(ぐう)するに過ぎない。西洋文明を模倣した都市の光景もここに至れば驚異の極、何となく一種の悲哀を催さしめる。この悲哀は街衢のさまよりもむしろここに生活する女給の境遇について、更に一層痛切に感じられる。君江のような、生れながらにして女子の羞恥と貞操の観念とを欠いている女は、女給の中には彼一人のみでなく、まだ沢山あるにちがいない。君江は同じ売笑婦でも従来の芸娼妓とは全く性質を異にしたもので、西洋の都会に蔓延している私娼と同型のものである。ああいう女が東京の市街に現れて来たのも、これを要するに時代の空気からだと思えば時勢の変遷ほど驚くべきものはない。翻って自分の身を省れば、あの当時、法廷に引出されて瀆職の罪を宣告せられながら胸中には別に深く愧る心も起らなかった。これもまた時代の空気のなす所であったのかも知れない。月日はそれから二十年あまり過ぎている。一時はあれほど喧しく世の噂に上ったこの親爺が、今日泰然として銀座街頭のカッフェーに飲んでいても、誰一人これを知って怪しみ咎めるものもない。歳月は功罪ともにこれを忘却の中に葬り去ってしまう。これこそ誠に夢のようだと言わなければなるまい。松崎は世間に対すると共にまた自分の生涯に対しても同じように半は慷慨し半は冷嘲したいような沈痛な心持になる。そして人間の世は過去も将来もなく唯その日その日の苦楽が存するばかりで、毀誉も褒貶も共に深く意とするには及ばないような気がしてくる。果して然りとすれば、自分の生涯などはまず人間中の最幸福なるものと思わなければならない。年は六十になってなお病なく、二十の女給を捉えて世を憚らず往々青年の如く相戯れて更に愧る心さえない。この一事だけでもその幸福は遥に王侯に優る所があるだろうと、松崎博士は覚えず声を出して笑おうとした。

＊　＊　＊　＊

君江は舞踊家木村義男と牒し合して、カッフェーを出てから有楽橋の暗い河岸通りで待合せ、自動車で三番町の千代田家という懇意な待合へ行った。そして松崎のおじさんから教えられたように先へ帰る振りをして別の小座敷に姿をかくし、素知らぬ顔で清岡先生を迎えるつもりであったが、車の道すがら話の様子で、君江は木村が案外さばけた男で、女給には恋人の二人や三人あるくらいの事は当前だと思っているらしいので、千代田家の裏二階へ通ると、すぐさま今夜の始末をそのまま打明けてしまった。すると、木村は案の定どこまでもおとなしく、

「始めから打明けてくれれば、こんな心配をさせなくってもよかったのに。許してくれたまえ。僕がわるかったんだ。その代り今度都合のいい時ゆっくり逢ってくれたまえ。」

木村はわざと追立てるように君江をせき立て、手つだってその帯まで結んでやった。君江は始め邦楽座の舞台で活動写真の幕間に出演する木村の技芸を見た時から例の好奇心に駆られていたので、このまま別れるのが物足りなくてしょうがない。木村の技芸というのは彼自身雑誌や新聞などに書いている議論によれば、露西亜の舞踊ニジンスキイ以後の芸術と、支那俳優の舞技と、即東西両種の芸術を渾和したとか称するもので、男女両性の肉体的曲線美の動揺は、絵画彫刻の如き静止した造形美術の効果よりも遥に強烈で、また音楽が与える直感的な暗示の力よりも更に深刻だというのであるが、しかし女給さんの君江にはそういう審美学上の議論はどうでもよい。若い男と女とが裸体になって衆人の面前で時々抱き合いながらさまざまな姿態を示すのを見て、君江はああいう事を商売にしている男と逢って見たらばどんなだろうと思ったのである。その心持はあばずれた芸者が相撲を贔屓にしたり、また女学生が野球選手を恋するのと変りがない。

「先生。もうおそいから真直にお帰りじゃないんでしょう。きっと何処かへお寄りになるのよ。口惜しいわねえ。」

「だって、パトロンが来るんじゃ仕様がないじゃないか。僕はすぐ家へ帰る。虚言だと思うなら電話をかけて見給え。」と名刺を渡して、「君江さん。この次きっと逢ってくれるねえ。」

「あなたもよ。きっとよくって。わたし何だかほんとに済まないような気がして、お帰ししたくないのよ。」と君江は例の如く新しい男に対する興味を押える事ができないので、既に帰仕度をしかけた木村の膝によりかかってその手を握った。

暫くしてから君江は木村の帰る自動車を頼もうと、女中を呼びに廊下へ出て、時間をきくと今方二時を打った。そして清岡さんというお客様はまだお見えにもならず、また電話もかからないと言う。自動車が来たので舞踊家の木村先生はお帰りになる。小説家の清岡先生はそれなり二時半を過ぎてもお出でにならない。君江はカッフェーの仕舞際に瑠璃子という女給に市ヶ谷へ立寄って伝言をするように頼んだのである。瑠璃子はもと洋髪屋の梳手をしている時分から方々の待合へも出入をしていたので、こういう事には抜目のあろうはずがない。事によると、清岡先生は瑠璃子の伝言を聞かない先に怒って早く帰ってしまったのかも知れない。そう思うと君江は木村を帰すのではなかったものをと、いよいよ残り惜しくてたまらなくなって来た。帯の間に入れた名刺を見ると、その住処、昭和アパートメントの電話番号が記してあるので、前後の考もなく電話をかけて見ようと裏梯子を降りかけた時、表口の方で誰かお客の来たらしい物音がした。清岡先生にちがいないと、君江は耳をすまして表二階へ上る人の声を聞くと、清岡ではなくて、思いもかけない矢田さんらしい。矢田さんにはカッフェーのテーブルで、今夜はいくら誘われても先約があるから裏通りのおでん屋麗々亭へは行かれないがその代り少しおそくなってからならば、何処へでも行かれるから、行先を教えて先へ行って待っていて下さいと虚言をついて、それなり寐こかしを食わしてしまうつもりであったのだ。

矢田の方では君江のいう事を真に受け、最初の晩君江をつれて行った神楽阪裏の待合へ行き、二時過まで待ちあぐんでいたが、電話さえかかって来ないので、矢田は形勢を察し、十日ほど前君江がカッフェーの行掛けに自分を連れて行った三番町の千代田家の事を思合せて、万一まぐれ当りにさがし当てたら、腹いせに騒いで邪魔をしてやろうと、突然自動車を乗りつけたのである。門をたたくと直様女中が雨戸をあけたので、矢田は鎌をかけて君江さんはと聞くと、女中はてっきり君江の待っている旦那だと思込んで、

「奥様は先刻からお待ちかねなんですよ。殿方はほんとに罪だわねえ。」という返事。矢田は烟に巻かれて何とも言えず、おとなしく二階へ上り、帽子もとらず床の間を後に胡坐をかいて不審そうに座敷中を見廻していた。

君江は裏梯子の下で女中から様子をきき、今はどうする事も出来ないと覚悟をきめ、

いきなり座敷の襖をあけると共に、

「矢さん。あなた。あんまりだわよ。」と鋭い声で叱りつけた。

矢田は今方女中の返事に驚かされた後、またしても意外な君江の様子に、何とも言わず、目ばかりぱちぱちさせている。

「わたし、もう帰ろうかと思ったのよ。」と君江はきちんと坐って俯向いた。

「一体どうしたというんだ。」と矢田は始めて心づいたらしく帽子を取り、「何だか、さっぱり訳がわからない。」

君江は俯向いたまま黙って膝の上にハンケチを弄んでいる。女中が上り花を運んで来て、

「ほんとにお待ちになっていらしったんですよ。お銚子をおつけ致しましょうか。」

「もう、おそう御在ますから。」と君江は妙に声を沈ませて、「こんなにおそくまで。ほんとに済みません。」

「おそいのは、もう馴れております。それでは。どうぞ。」と女中は矢田の帽子と夏外套とを持って立ちかけるので、矢田はとやかく言うひまもなく、案内されるがまま、先刻舞踊家のいた座敷とも知らず、黙って裏二階の四畳半に入った。

＊　＊　＊　＊

短夜(みじかよ)の明けぎわにざっと一降(ひとふ)り降って来た雨の音を夢うつつの中(うち)に聞きながら、君江は暫くうとうとしたかと思うと、忽ち窓の下の横町から、急に暑くなったわねえという甲高(かんだか)な女の声と小走りにかけて行く下駄(げた)の音に目をさました。軒に雀(すずめ)の囀(さえず)る声。やや遠く稽古(けいこ)三味線(じゃみせん)の音。表の方でばたばた掃除をする戸障子の音と共に、隣の屋根に洗濯物でも干しに上るらしい人の跫音(あしおと)がする。雨はすっかり晴れて日が照り輝いていると思うと、昨夜のままに電燈のついている閉切(しめき)った座敷の中の蒸暑さが一際(ひときわ)胸苦しく、我ながら寐臭い匂(にお)いに頭が痛くなるようなので、君江は夜具の上から這(は)い出して窓の雨戸を明けようとした。矢田は既に昨夜の中わけもなく機嫌を直していた後なので、

「お止(よ)しよ。僕があける。実際暑くなったなア。」

「こら。こんなよ。触って御覧なさい。」と君江は細い赤襟をつけた晒木綿(さらしもめん)の肌襦袢(はだじゅばん)をぬぎ、窓の敷居に掛けて風にさらすため、四ツ匐(ば)いになって腕を伸(のば)す。矢田はその形を眺めて、

「木村舞踊団なんかよりよほど濃艶(のうえん)だ。」

「何が濃艶なの。」

「君江さんの肉体美のことさ。」

君江は知らぬが仏とはよく言ったものだと笑いたくなるのをじっと耐えて、「矢さん。あの中に誰かお馴染があるんでしょう。みんな好い身体しているわね。女が見てさえそう思うんだから、男が夢中になるのは当前だわねえ。」

「そんな事があるものか。舞台で見るからいいのさ。差向になったらおはなしにならない。ダンサアやモデルなんていうものは、裸体になるだけが商売なんだから、洒落一つわかりゃアしない。僕はもう君さん以外の女は誰もいやだ。」

「矢さん。そんなに人を馬鹿にするもんじゃなくってよ。」

矢田はまじめらしく何か言おうとした時、女中が障子の外から、「もうお目覚ですか。お風呂がわきました。」

「もう十時だ。」と矢田は枕もとの腕時計を引寄せながら、「おれはちょっと店へ行かなくっちゃならないんだけれど、君さん、今日は晩番か。」

「今日は三時出なのよ。暑くって帰れないから、わたしその時間までここに寝ているわ。あなたもそうなさいよ。」

「うむ。そうしたいんだけれど。」と考えながら、「とにかく湯へはいろう。」

矢田は自分の店へ電話をかけ、どうしても帰らなければならない用事が出来たというので、朝飯も食わず、君江を残して急いで帰って行った。その時はかれこれ十二時近くなっていたが、今だに清岡の様子がわからないので、君江は平素(ふだん)から頼んである表の肴屋(さかなや)に電話をかけ、間貸しのおばさんを呼出して様子をきくと、昨夜お友達の女給さんが見えて、先生はその女と一緒にお出かけになったきりだという返事である。君江は事によると先生と瑠璃子と出来合ったのかも知れない。それでこっちへは姿を見せないのだろうと思った。しかし唯(ただ)そう思っただけの事で、君江はそれについてとやかく心を労する気にはならなかった。十七の秋家を出て東京に来てから、この四年間に肌をふれた男の数は何人だか知れないほどであるが、君江は今以(いまも)って小説などで見るような恋愛を要求したことがない。従って嫉妬(しっと)という感情をもまだ経験した事がないのである。君江は一人の男に深く思込まれて、それがために怒られたり恨まれたりして、面倒な葛藤(かっとう)を生じたり、または金を貰(もら)ったために束縛を受けたりするよりも、むしろ相手の老弱美醜を問わず、その場かぎりの気ままな戯れを恣(ほしいまま)にした方が後くされがなくて好(い)いと思っている。十七の暮から二十になる今日が日まで、いつもいつも君江はこの戯れのいそがしさにのみ追われて、深刻な恋愛の真情がどんなものかしみじみ考えて見る暇がない。時たま一人孑然(ぼつねん)と貸間の二階に寝ることがないでもないが、そういう時には何より先に平素の寝不足を補って置こうという気になる。それと同時に、やがて疲労の恢復した後おのずから来るべき新しい戯れを予想し始めるので、いかなる深刻な事実も、一旦睡に陥るや否や、その印象は睡眠中に見た夢と同じように影薄く模糊としてしまうのである。君江は睡からふと覚めて、いずれが現実、いずれが夢であったかを区別しようとする、その時の情緒と感覚との混淆ほど快いものはないとしている。

この日も君江はこの快感に沈湎して、転寐から目を覚した時、もう午後三時近くと知りながら、なお枕から顔を上る気がしなかった。枕もとを見れば、昨夜脱ぎ捨てた着物や、解きすてた帯紐に取乱されている裏二階の四畳半は、昨夜舞踊家の木村が帰った後、輸入商の矢田が来て、今朝方帰りがけに窓の雨戸一枚明けて行ったままで、消し忘れた天井の電燈さえまた昨夜と同じように床の間の壁に挿花の影を描いている。懶い稽古唄や物売の声につれて、狭間の風が窓から流れ入って畳の上に投げ落した横顔を撫る心地好さ。君江は今こういう時、矢田さんでも誰でもいいから来てくれればいい。そうすればありとあらゆる身内の慾情を投げかけてやろうものをと思うと、いよいよ湧起る妄想の遣瀬なさに、君江は軽く瞼を閉じ、われとわが胸を腕の力かぎり抱きしめながら深い息をついて身もだえした。その時静に襖の明く音がして、屏風の前に立った男の姿を、誰かと見れば昨夜から名残惜しく思っていた木村義男である。「あら。」と君江はわずかに顔を擡(もた)げながら、起直りもせず、仰向(あおむ)きに臥(ね)たまま両腕をひろげ、木村が折屈(おりかが)むのを待って、ぐっと引寄せながら、「わたし、夢を見ていたのよ。」

暫くして後木村は昨夜銀細工の鉛筆を落したから、もしやと思って捜しに来たことを告げた。

二人は起きて、表座敷で料理の肴(さかな)に箸(はし)をつけた時、女給の瑠璃子から電話がかかった。瑠璃子は昨夜君江から頼まれた通り、狼狽(ろうばい)した振りで本村町へ行き、清岡先生に三番町の千代田という家へ行った事を告げると、先生は俄(にわか)に不快な顔色をして、いろいろ弁解するのも聴かず、途中から自分を振捨(ふりすて)てどこへか行ってしまった。その事を知らせたいと思って今まで君江の来るのを待っていたが、三時の出番にも姿が見えないので、最初に肴屋へ呼出しの電話をかけ、おばさんの返事から推量して、更に電話をかけて見たという事である。

日が暮れて飯を食べてしまうと、木村は明日丸円劇場の初日なので、これから稽古に行かなくてはならないと、急いで仕度をした後、特等の座席券を五、六枚、カッフェーの女給さんたちに売ってくれと頼んで、そのまま晩飯の代も自動車賃も払わずに帰ってしまった。

君江はまるで落語家か芸人などと遊んだような気がして、俄に興が覚め、折角きょう一日夢を見ていたような心持はもう消え失せてしまった。折からたっぷり日が暮れると共に、今のところ何の当もない今夜一晩の事が急に物さびしく思われて来た。女一人では待合にもいられないので、木村の飲み食した勘定を仕払って外へ出ると、横町は丁度座敷へ出て行く芸者の行来の一番急しい時分。今頃おくれてカッフェーへも行かれない、といって、家へ帰っても仕様がないので、思出すまま桐花家の京葉をたずねて見ようと、四角を曲りかけた時、向から座敷着の褄を取り、赤い襦袢の裾を夕風に翻しながら来かかる一人の芸者。見れば京葉である。

「君ちゃん。これから銀座？」

「もう晩くなったから休もうと思ってるの。」

「あなた。千代田家さんにいたんじゃないの。」

「あら。どうして知ってるの。」

「どうしてじゃないことよ。君ちゃん。あすこはいけないよ。昨夜わたし清岡先生にもお目にかかったのよ。」

「あら。そう。」と君江もさすがに目をみはった。

「ゆうべ、宵の中に野田家さんでお目にかかったのよ。三、四人お連があったわ。わたしは後口で廻って行ったもんだから、ちょっとお目にかかったばっかりなのよ。だから、その時にはどなただか気がつかなかったのよ。だけれど、わたしお連の方に出たもんだから、後ですっかり話をきいてしまったのさ。お前さんがちょいちょい千代田家さんへ行くことを能く知っている芸者衆があるんだよ。家が隣合っているものだから、窓からよく見えるんだとさ。お座敷でその芸者衆が先生とは知らずにお前さんのはなしをしたんだとさ。何しろ此処じゃはなしができないから、わたし明日かあさって、おばさんにも用があるから、ゆっくり行って話をするわ。とにかくあすこはよした方がいいよ。」

「そう。そんな事があったの。じゃ待ってるわよ。」

近処の犬だの、箱屋だの、出前持だの、芸者などが、絶え間なく通過るので、二人は立談もそこそこに右と左へわかれた。

八

良人の起るのは大抵正午近くなので、鶴子は毎朝一人で牛乳に焼麺麭を朝飯に代え、この年月飼馴らした鸚鵡の籠を掃除し、盆栽に水を灌ぎなどした後、髪を結び直し着物をきかえて、良人の起るのを待つのである。その日の朝牛乳と共に女中の持って来た郵便物の中に、番地も宛名も洋字で書いた一封があったので、何心なく手に把ると、自分へ宛てたもので、その筆蹟にも見覚がある。女学校を卒業する前後二年あまり教を受けた仏蘭西の婦人マダム、シュールの手紙である。

マダム、シュールは東洋文学研究の泰斗として各国に知られている博士アルフォンズ、シュールの夫人で、始め良人に従い支那に遊ぶ事十余年、日本に留ることまた更に数年にして一度本国に帰ったが、その後良人に先立れ孀婦となった悲しみを慰めるため、単身米国を漫遊して再び日本に来て二年ほど東京にいた。鶴子が女学校の友達二、三人と語学と礼法とを学びに通ったのはこの折であった。マダム、シュールは巴里で亡夫の遺著を出版するについて至急な用事が出来たので、四、五日前また
もや日本に来て、帝国ホテルに投宿したから一度訪ねて来るようにというのであった。

鶴子は進の起るのを待ち丁度正午の汽笛が鳴った頃、電話で聞合せてホテルへ往った。

マダム、シュールは西洋の老女にはよく見るような円顔の福々しく頬の垂れ下った

目の細い肥った女である。日常の日本語は勿論不自由なく、漢文も少しは読める。『説文』で字を引く事などは現代日本の学生の及ばぬところかも知れない。

丁度食事の頃だったので、マダムは昼餉のテーブルに鶴子を案内して、亡夫の遺著を編輯するについて、第一に社寺または古器物の写真の不足しているのを補うためにこれを買集める事、第二には仏蘭西の本邸に儲えてある東洋の書画載籍の整理を依嘱するため適当な日本人をさがして本国へ同行したいという事を語った。

鶴子はどの位学識があればよいのかと問うと、別に専門の学者を望んでいるのではない。譬えば和歌と端唄との区別を知っている位の程度でよいのであるが、学問よりもむしろ日本固有の趣味と鑑識とを具備した人で、かたがた幾分なりと仏蘭西語を知っていれば申分はないのだという。マダムはなお言葉をつづけて、

「半年ぐらいで仕事はすみます。あなたがお一人で遊んでおいででしたら、是非ともお頼みするのですけれど、今ではそんなわけには行きませんから、誰か御存じの方をさがしていただかなければなりません。」

この言葉を聞くと共に、鶴子は食卓を押出さんばかり、殆ど我を忘れて半身を突き出し、「わたくし、半年や一年ぐらいなら……わたくしのようなものでもお役に立ちますのなら、どんな都合をしても御一緒に参りたいと存じます。」

「あなた。おいでになれますか。」とマダムも驚きと喜びとにその目を見張った。

「一度はどうかして洋行して見たいと思っておりましたから。」と鶴子は一時に湧起(わきおこ)る感情を見せまいとして努めて声を沈ませた。

鶴子は今朝マダム、シュールの手紙を受取り、このホテルに来て食卓の椅子(いす)につく時まで、自分の生涯にかくの如き大変動が起ろうとは夢にだも思っていなかった。運命ほど測りがたいものはない。鶴子はマダム、シュールの談(はなし)をきいている中、突然何物かに誘惑せられたように、唯ふらふらと遠いところへ往きたくなったのである。往った先の事はよかれあしかれ、鶴子は今住む家の門を出る事が自分の生涯をつくり直す手始(てはじめ)だと日頃から心づいてはいたものの、きょうが日までこれを決行する機会がなかった。一時は深く絶望して何事も皆自分が為(な)した過(あやまち)の報いとのみ思いあきらめ、一日も早く年をとって、半生の悔いと悲しみとを茶のみばなしにする日の来る事を待つより外はないと思っていたが、今突然意外な機会が目の前に現われて来たのを見ては、とかくの思慮を費(ついや)す暇もない。日頃因循(いんじゅん)していただけ、障碍(しょうがい)が起ったなら、極力これを排斥して思うところを決行しようという元気さえ出て来たような心持になった。

食事の後廊下の長椅子に並んで腰をかけ珈琲(コーヒー)を啜(すす)りながら、懇談することとまた一時間ばかり。鶴子はホテルを出て梅雨晴(つゆばれ)の俄に蒸暑くなった日盛りをもいとわず、日比谷の四辻から自動車を傭って世田ヶ谷に往き良人の老父をたずねて、洋行のはなしをすると、老父はかつて大学教授のころ両三度シュール博士に面談した事があるといって、「あっちへ行ってから書物の事で何かわからない事があったら遠慮なく手紙で問合せるがよい。」というような次第であった。鶴子はいよいよ門出の幸あるを喜び、夏の夕陽のまだ照り輝いている中、急いで家へ帰り良人の承諾を求めようと思うと、良人は既に外出した後で、その夜十二時近くなってからいつものように今夜は晩くなるから先へ寝てくれるようにとの事であった。仕様がないので、鶴子はその夜は先に寝て、翌朝は良人の起るまで待っているわけにも行かないところから、マダム、シュールから依頼された用事のある事だけを一筆認めて、再びホテルへ出かけた。マダムは次の日に京都へ往き奈良に遊び、二、三日長崎に滞在して神戸に立戻って便船を待つつもりであるから、その日までに仕度をしてその地のホテルへ来てくれるようにと、日割を明細に書いて見せてくれた。そして鶴子が旅行免状の事は至急運びがつくように大使館から直接その筋の役所へ交渉してもらう手筈だという事であった。

鶴子が良人に逢って始めて洋行の事を打明けたのは次の夜も世間は既に寝静った頃であった。進はどこかで飲んで来た酒の酔も一時に醒めるほど驚いたらしいのを、わざとさり気なく、

「そうか。それは結構だ。行って来るがいい。」

「半年という約束で御在ますけれど、都合でもっと早く帰りたいと思っております。」

「別に急いで帰るにも及ばない。二度出掛けるのも大変だから、ゆっくり勉強したり見物したりして来る方がいい。」

二人のはなしはそれなり途切れてしまった。進は鶴子が洋行する胸中を推察して今更引留めても既におそいと思ったので、未練らしい様子を見せて、「それ御覧なさい。その位なら平素からもう少し大事にしてくれればよいのに。」と思われるのが無念である。そうかといって、「お前のいなくなるのを待っていたのだ。」と思わせるほど冷静な態度を取るのも、かえって腹の底を見すかされるような気がする。いずれともつかぬ曖昧な態度を取るに若くはない。とそう考えたのは、鶴子の身になってもやはり同じことであった。あまり名残を惜しむような様子を見せて、無理に引留められても困るし、といって、あまり冷淡にして、それがため軽薄無情な女だと思込まれるのは元より好むところでない。夫婦は互に顔色を窺い、できるかぎり真実の事情には触れないようにして、平和に体よくこの場をすませてしまいたいと心掛けたのである。

一週間ばかりの後、鶴子は夕方神戸急行の列車に乗った。始め進の友人間には送別会を催すようなはなしが起らないでもなかったが、鶴子は実家へ対して新聞などに自分の名の出るような事はなるべく避けたいからといって固く辞退したので、その夕東京駅まで見送りに行ったものは、良人の進と門生の村岡と、書生の野口という男の外には、鶴子の学友でいずれも相応のところへ嫁しているらしい婦人二、三人だけであった。実兄は窃に旅費を贈ってもいいといったほど好意を持っていたが、世間を憚って見送りに行かず、世田ヶ谷の老人もまた頽齢をいいわけにして出て来なかった。

列車が出発すると、進を始め男二人と婦人たちとは自然別々になってプラットフォームを降口の方へと歩みはじめたが、村岡一人はいつまでも帽子を片手に列車の行衛を見送ったまま立っている。進は見返りながら、

「おい。村岡。何をぼんやりしているのだ。」

「実にさびしい出発でしたな。」と村岡は既に人影のなくなったプラットフォームを見廻しながら初めて歩み出した。

「あの女の生活もこれで第一篇の終を告げたのだ。」と進は吸いかけの巻煙草を線路の方へ投捨てた。

「でも、半年たてばお帰りになるんでしょう。」

「いずれ帰るだろう。しかし恐らく僕の家へは帰って来ないだろう。」

「先生。僕も実はそういう気がしたんです。一種の暗示ですね。」

「おい。村岡。君はどうして彼女のツバメにならなかったんだ。おれには能くわかっていた。彼女は君のような感傷的な比較的純情な青年を要求していたんだぜ。」

村岡はまだ三十にはならない青年なので、顔を真赤にして、「先生。そんな冗談を。うそですよ。そんな事は。」

「はははは。帰って来てからでも遅くはあるまい。」と進は始めて面白そうに笑った。

改札口へ来かかると俄に混雑する人の往来に、談話もそのまま、三人は停車場の外へ出た。吹きすさむ梅雨晴の夜風は肌寒いほど冷である。

「おい。野口。まだ早いから活動でも見て帰るがいい。ここに招待券があるから。」と進は書生を遠ざけてから、村岡と連立って丸ビル下の往来をぶらぶら当てもなく歩いて行く。村岡は突然思出したように、

「先生。ドンフワンはあれッきりなんですか。」

「うむ。すこし考えていることもあるから。」

「どんな事です。」

「さア、別にまだはっきりした考もないんだがね。しかし君にはもう心配させないつもりだから、それだけは安心していたまえ。君はあんまり善人過るから。」

「そうでしょうか。」

「どうかすると、まるで田舎の老人見たような事を言うからな。」

「それでも、僕には君江さんはそんなに憎むべき女だとは思われないんですよ。」

「君は傍観者だからさ。僕だってそれほど深く憎んでいるわけでもない。唯癪にさわるんだ。復讐だとか報復だとかいうほど深い意味じゃない。唯すこしいじめてやろうと思っているんだ。僕の考えている事をはなしたら、君はきっと残酷だとか人道にはずれているとか言うにちがいない。」

「どんな事です。」

「君を信用しないわけではないが、今話をするわけには行かない。」

「警察へ密告でもするというんですか。」

「ばかな。そんな事をしたって、あいつは何とも思やしない。拘留された所で二、三日たてば出て来る。女給でなくってもあいつのする事はまだ沢山ある。僕はあいつが何もする事ができなくなるようにしてやりたいと思っているんだ。それもおれが自身に手を下さずに、自然に他の人が手を下すような、そういう機会をつくらせようと思っている。はははは。これは僕の空想だよ。イヤ、僕はこういう男の心理状態を小説にして見たいとこの間から苦心しているんだ。たしかバルザックの小説にあったはなしだと思う。欺かれた男が密夫の隠れた戸棚を密閉して壁を塗って、その前で姦婦と酒を飲むはなしがある。僕の空想したのは、……僕の書こうと思っているのは、女を裸体にして自動車から銀座通のような町の上に投り出してやりたい。日比谷公園の木の上に縛りつけて置くのも面白い。昔は不義の男女を罰するために日本橋の袂に晒し者にして置いた。それと同じような事さ。どうだろう。今の読者には受けないかしら。」

村岡は進が真実小説の腹案を語るのやら、または戯に自分をからかうのやら、あるいはまた小説に托して君江に対する報復の手段をそれとなく語るのやら、その区別がつかない。唯何となく薄気味がわるく、総毛立つような気がするばかり。やっと気を取直して、

「いいでしょう。甘ったるい場面にはもう飽きている時ですから。」

「女が恋人と寝ている処へ放火するのも面白いだろう。乱れた姿で外へ逃げ出すところを、火事場騒ぎにまぎれて女をつかまえ、どこか知らない処へつれて行って思うさま侮辱を与える……。」

「なるほど……。」

「まだ考えている事がある……。」

「先生。もう止してください。何だか変な心持になるから、もう止してください。」

「暴風になりそうだな。今夜は。」

空は真暗に曇って、今にも雨が降って来そうに思われながら、烈風に吹きちぎられた乱雲の間から星影が見えてはまた隠れてしまう。路傍の新樹は風にもまれ、軟なその若葉は吹き裂れて路の面に散乱している。唯さえ夜になれば人通りの絶がちな丸の内の道路は、この風とこの闇とに一際物寂しく、屹立する建物の間の小路から突然追剝でも出て来はせぬかと思われるような気がする。

「帝劇の女優が楽屋から帰り道に、車から引ずりおろされて脚を斬られたことがあった。犯人はわからずじまいだ。」

「そうですか。そんな事があったんですか。」

「寝ている中に黴菌をなすりつけられて盲目になった芸者もある。君江のような女は最後にはきっとそういう目に遇うだろう……。」

突然進がアッと叫んだので、村岡はびっくりして寄添うと、横合から吹つける風に、進は高価なパナマ帽子を奪い去られたのであった。

知らず知らず日々新聞社の近くまで歩いて来たので、二人はやや疲れたままその辺の小さなカッフェーに小憩みして、進はウイスキー村岡はビール一杯を傾け、足の向くまま銀座通へ出た。村岡は別れて帰ろうとするのを清岡は無理に引留め、今夜は顔を見知られていない裏通のカッフェーを観察しようと言出して、つづけざまに五、六軒飲みあるいた。どの店へ入っても四、五盃ずつウイスキーばかり飲みつづけるので、いつも強酒の清岡も今夜は足元が大分危くなった。それにもかかわずまたしても通りすがりのカッフェーへ這入ろうとするので、村岡は清岡が羽織の袖を捉えながら、「先生。もう止しましょう。カッフェーよりか、どこか外の処へつれて行って下さい。僕はもうくたびれてしまいました。」

「一体何時だ。」

「もう十二時です。」

「もうそんな時間か。」

「だから、もうカッフェーはつまりません。」と村岡はとにかく酔って清岡がこの辺を徘徊している事を危険に思い、それよりもどこぞの待合へでも上った方がまだしも安全だと考えて、「先生。もっとゆっくりした処で静に飲み直しましょうよ。」

「うむ。君もなかなか話せるようになった。何処でもいい。好きなところへ連れて行け。」

「じゃ、先生、車に乗りましょう。」と村岡は早速清岡の袖を引張って、土橋へ通ずる西銀座の新道路へ出ようとした。

「待て待て。」と清岡は真暗な建物の壁に向って立小便をしはじめたので、村岡は少し離れて曲角に立留った時、女給らしい女が三人つれ立って、摺れちがいに通りかかったのをふと見ると、その中の一人はドンフワンの君江である。君江の方でも村岡の顔を見て、アラとかオヤとか言ったらしかったが、その声はまだ吹きやまぬ烈風に吹き去られて聞えなかった。村岡は咄嗟の間に、先刻丸の内を歩きながら清岡が言った事を思出し、何とも知れぬ恐怖を感じて、首と手を振って早く行けと知らせた。いつになく乱酔した清岡が、人通のないこの裏通の角で突然君江の姿を見たら、何をしだすか知れない。新聞紙を賑すような騒ぎを引起しては大変だと心配したのである。

君江は村岡の心を察したのか、どうか分らぬが、そのまま通り過ぎて、三人連で向側の蕎麦屋へ這入りかけた時、丁度長小便をし終った清岡はひょろひょろと歩み出で、向を眺めながら、「どこの女給だ。おれが行っておごってやろう。」

村岡は驚いて袖にすがり、「およしなさい。変な男がついているようです。」

「かまうものか。おごってやるんだ。」

「先生。およしなさい。」と村岡は力のかぎり抱き留めながら、通り過る円タクを呼留めた。この騒ぎに気がつかずにいたが、風に交っていつの間にやら霧雨が降り出していたと見え、村岡は車に乗ってから窓の硝子の濡れているのに心づいた。

＊　＊　＊　＊

蕎麦屋を出てから自動車に乗ったのは瑠璃子、春代、君江の三人であった。瑠璃子が赤阪一ツ木で先に降り、次に春代が四谷左門町で降りると、運転手は予め行先を教えられているので、塩町の電車通から曲って津の守阪を降りかけた。小雨のふり出した深夜のことで人通はない。君江は酔っているので、一人になると急に眠くなって覚えず瞼を合せたかと思うと、突然君子さんと呼ぶ男の声。びっくりして気がつくと自分を呼んだのは見も知らぬ運転手である。いやな奴だと思いながら、大方女給同士の話から聞知って冗談を言うのだろうと、気にも留めず、「もう本村町なの。」

運転手はゆるゆる車を進めながら、「初めから君子さんにちがいないと思っていたんですよ。忘れましたか。諏訪町の加藤さんで二、三度お逢いしました。」と鳥打帽をとり振返って顔を見せた。

諏訪町の加藤というのは今富士見町に出ている京葉の事なので、君江はそこで知っているというからには二度や三度出たお客にちがいないと思いながら、その顔はとうに忘れ果てて思い出せない。日頃君江はカッフェーの人中で、もしその時分のお客と顔を見合せた場合、自分の取るべき態度については予め考えていないことはなかった。しかし東京はさすがに広いもので、半年近くも稼ぎ廻っていたにもかかわらず、銀座のカッフェーへ出てから今日まで一人もその時分のお客には出逢わなかったので、月日と共に一時の用心もおのずから忽せになった時、今夜突然、自分の乗っている車の運転手から呼び掛けられ、君江はさすがにびっくりはしたものの、知らぬ顔で押通すに若くはないと思定め、

「人ちがいでしょう。知らないわ。わたし。」

「君子さんの方じゃ、お忘れになるのも無理はありませんよ。円タクの運転手にまでなり下ってる始末だから。しかし君子さん女給になったからって、何もそうお高くとまるには及ばないでしょう。女給も高等も内実においては変りはないんでしょう。」

「下してよ。ここでいいから。」

「雨が降っています。お宅まで是非送らせて下さいな。」

「いいのよ。迷惑よ。」

「君子さん。あの時分は十円だったね。」

「下せっていうのに、何故下さないんだよ。男が怖くって夜道が歩けるかい。馬鹿

ッ。」

君江の威勢に運転手は暴力を出しても駄目だと思ったのか、そのままおとなしく車を駐めると、折からざっと吹ッ掛けて来た驟雨に傘の用意のないのを、さも好い気味だといわぬばかり。手を伸して内から戸を明け、

「ここでいいなら。お下りなさい。」

「一円ここへ置きますよ。」と君江は五拾銭銀貨二枚を腰掛の上に投出して、戸口から降りようとするその片脚が、地につくかつかぬ瞬間を窺い、運転手は突然急速力で車を進めたので、君江はアッと一声。でんぐり返しを打って雨の中に投げ出された。

「ざまア見ろ。淫売め。」と冷罵した運転手の声も驟雨の音に打消され、車は忽ち行衛をくらましてしまった。

君江は気がついて泥の中に起直って、あたりを見ると、投出された場所は津の守阪下から阪町下の巡査派出所へ来る間の真暗な道だと思いの外、まるで方角のわからない屋敷町の塀外であった。自動車も通らなければ無論人影もない。足を曳摺りながら、石の門柱についている灯の下に歩み寄り、塀外へ枝を伸した椎の葉かげをせめての雨やどりに、君江はまず泥と雨とに濡れくずれた髪の毛を束ね直そうと、額を撫でながらその手を見ると、べったり血がついている。君江は顔の血に心づくと俄に胸がどき

どき鳴出して、髪や着物にかまっている気力は失せ、声を出して救いを呼ぼうとしたのをわずかに我慢して、唯一心に医者か薬屋かを目当に雨の中を馳け出した。

九

市ヶ谷合羽阪を上った薬王寺前町の通に開業している医者が、応急の手当をしてくれた上に、自動車まで頼んでくれたので、君江は雨の夜もいつか明くなりかけた頃、本村町の貸間へ帰って来た。顔と手足との疵はさほどの事もなかったが、長い間着のみ着のままぐっすり雨に濡れていたので、夜明から体温は次第に昇って摂氏四十度を越え、夕方になっても一向下りそうもない容態に、医者は窒扶斯か、肺炎でも起さなければよいがと、貸間の老婆にも注意して行ったが、幸にしてそれほどの事もなく、三日目には入院の沙汰も止み、一週間目には布団の上に起き直ってもいいようになった。

君江は事実を知らせると、大勢見舞いに来るのが煩さいのみならず、強姦の噂が立たないとも限らないと思って、カッフェーへは唯風邪をひいたことにして置いたのである。八日目の午後になって、春代が初めて見舞に来たが、その時には額の繃帯は既に除かれていたので、疵の痕はその晩路地で転んだことにいいまぎらしてしまった。次の日には瑠璃子が来たが、これも風邪の重いのに罹ったのだとばかり思い込んで帰った。体温は既に平生に復し食慾もついて来たが、腰や手足の打身はまだ直らず、梯子段の上り下りにもどうかすると痛みを覚えるくらいである。間貸の婆は市ヶ谷見附内の何とやらいう薬湯がいいというので、君江はその日の暮方始めて教えられた風呂屋へ行き、翌日はとにかく少し無理をしても髪を結おうと思いさだめた。

湯から帰って来ると、郵便が届いている。状袋には署名がないが、読んで行く中に清岡の門人村岡の手紙である事がわかった。

「私は直接あなたに手紙を上げていいかどうかを一度考えた後にこの手紙を書きました。何故なれば、先生がこれを知ったなら、先生と私との今までの関係は必 断滅するだろうと思ったからです。私はしかしながらあなたが十分に秘密を守って下さるだけの好意を私のために持っていられる事を信じて、そして私はこの手紙をかきました。あなたは御存じかどうか知りませんが、先生の令夫人は突然先月の末に或外国の婦人と一緒に日本を去られました。先生はこの別離については何らの感激をも催さないように粧っておられますが、しかし現われたる事実が凡てを打消しています。その後十日ばかりの間における先生の生活は飲酒と放蕩とのために俄にすさんで行きかけています。この場合、現在とそして将来における先生の生涯を慰める力のあるものは、君江さん、あなたの愛より外にはないものと私は信じています。尤も先生はあなたの名をさえ今では私たちの前では発音することを避けていられます。避けていられるだけ、それだけ、私は先生の心の底にあなたの事がまだ真実消去らずにいるものと推察するのです。先生は令夫人を失った原因をあるいはあなた一人の上に塗りつけようとしているのではないかと疑われることがある位です。私は去年からの凡ての秘密をあなたに打明けなければなりません。私はあなたに向って、先生の心の底に去年から絶えず蠢いている報復の企をお知らせする事を敢てするのは、あなたと先生との間を遠くさせるためではなくて、かえって先生がかくの如き残忍性を感じたほど、いかにあなたを愛しつつあるかを、私はあなたに向ってお知らせしたい誠実さからなのです。先生は二、三日中に丸円発行所主催の文芸講演会で講演をされるため仙台から青森の方面へ旅行されます。今年の夏はどこか東北の温泉場で避暑するといわれるので、私もこれを機会に、久しく郷里の地を踏みませんから、先生をお見送りしてから暫く東京を去るつもりでいます。その前に一度お逢いしたいと思って、実は昨日一人でドンフワンへ行って見ました。そしてあなたが御病気で寝ておいでだという事を聞いたのです。私はむしろあなたがこの数日間病気のために外出されなかった事を祝福しなければなりますまい。私は唯それだけを言うに止めて置きます。その理由を明言する事を躊躇していると言ったら、あなたは直に凡てをお察しなさるだろうと思います。それでは、今年の秋風が丈の高くなったコスモスの茎をゆり動す頃まで、私は田舎に行っていましょう。夜の涼しさに銀座の賑いが復活する時分、またお目にかかるのを楽しみにしていましょう。七月四日。」

君江は手紙の日附を見て、初めて七月になったのに心づいたような気がした。それと共に、わずか十日とはたたぬ先夜の事がもう一月も二月も前のような気がして、それ以来長らく枕についていたような心持もした。とにかく一年あまり毎日通馴れたカッフェーへ行かない事だけでも、境遇が一変してしまったような心持がするのに、時節も丁度その日入梅があけて、空はからりと晴れ昼の中は涼風が吹き通っていたが夕方からぱったり歇み、坐っていても油汗が出るような蒸暑い夜になった。小家の建込んだ路地裏は昨日までの梅雨中の静けさとは変って、人の話声やら内職のミシンの響などが俄に騒々しく聞え始め、路地の外の裏通にもラジオを始め、何という事なくいろいろな物音がしている。君江はおばさんに呼ばれて下へ行き夕飯をすますと、洗髪のまま薄化粧もそこそこに路地を出た。家にいると毎晩のようにおばさんに話し込まれるのがうるさいのみならず、俄に真夏らしくなったあたりの様子に、唯何ともつかず散歩したくなったからである。出しなに鏡台の曳出しから蟇口を取出す時、村岡の手紙が目に触れたまま一緒に帯の間に挿込んだ。半分から先は夕飯に呼ばれたのと夜になりかけた窓の薄暗さに拾い読みをしたばかりなので、君江はぶらぶら堀端を歩みながら、どこか静な土手際で電燈の光の明い処でもあったらもう一度読み直そうという気もしたのである。しかし電車と自動車の往復する堀端は、新見附の土手へ来るまでは手紙を読返す事のできるような処もなかった。行手に牛込見附の貸ボートの灯が見え、二、三人女学生風の女が見附の柵に腰をかけて涼んでいたので、君江は蔦の葉つなぎの浴衣のさして目にたたぬを好い事に、少し離れた処に佇立んで、束ねた洗髪を風に吹かせながら、街燈の光に手紙を開いて見た。君江には手紙の文体が学生の艶書と同じように気障にも思われるし、また翻訳小説でも読むようにまわりくどくて、どうやら気味のわるい気はしながらも、事実と文飾との境がはっきりしないのである。君江は手紙の意味を手短に言ってしまえば、清岡先生はわたしを二号同様にしていたために奥さんに逃げられたのだから、そのつもりでどうかしなければいけない。このまま知らない顔をしていれば、清岡先生はやけ半分、何か仕返しをしないとも限るまい。どうか、そういう事のないように気をつけてくれというような事になると考えた。

そして随分訳のわからない無理な事を言う人だと腹立しい心持になった。

君江は暫くしてこの手紙は村岡の心から出たものではなく、内々清岡さんに言われて書いたものではないかと、気がついて見ると、あの晩西銀座の蕎麦屋へ這入りがけ、意外な処で村岡に出逢った時の様子から思合せて、自分が車から突落されたのも、事によると清岡さんの教唆から起った事かも知れない。君江は突然襟首に寒さを覚えるような恐怖と共に、ナニ、先が先ならこっちもこっちで負けているものか。どうでも勝手にするがいいというような心持になった。

あまりいつまでも同じところに立ってもいられないので、君江は考え考え見附を越えると、公園になっている四番町の土手際に出たまま、電燈の下のベンチを見付けて腰をかけた。いつもその辺の夜学校から出て来て通り過る女にからかう学生もいないのは、大方日曜日か何かの故であろう。金網の垣を張った土手の真下と、水を隔てた堀端の道とには電車が絶えず往復しているが、その響の途絶える折々、暗い水面から貸ボートの静な櫂の音に雑って若い女の声が聞える。君江は毎年夏になって、貸ボートが夜ごとに賑かになるのを見ると、いつもきまって、京子の囲われていた小石川の家へ同居した当時の事を憶い出す。京子と二人で、岸の灯のとどかない水の真中までボートを漕ぎ出し、男ばかり乗っているボートにわざと突当って、それを手がかりに誘惑して見た事も幾度だか知れなかった。それから今日まで三、四年の間、誰にも語ることのできない淫恣な生涯の種々様々なる活劇は、丁度現在目の前に横っている飯田橋から市ヶ谷見附に至る堀端一帯の眺望をいつもその背景にして進展していた。と思うと、何というわけもなくこの芝居の序幕も、どうやら自然と終りに近づいて来たような気がして来る……。

火取虫が礫のように顔を掠めて飛去ったのに驚かされて、空想から覚めると、君江は牛込から小石川へかけて眼前に見渡す眺望が急に何というわけもなく懐しくなった。いつ見納めになっても名残惜しい気がしないように、そして永く記憶から消失せないように、能く見覚えて置きたいような心持になり、ベンチから立上って金網を張った垣際へ進寄ろうとした。その時、影のようにふらふらと樹蔭から現れ出た男に危く突き当ろうとして、互に身を避けながらふと顔を見合せ、

「や、君子さん。」

「おじさん。どうなすって。」と二人ともびっくりしてそのまま立止った。おじさんというのは牛込芸者の京子を身受して牛天神下に囲っていた旦那の事である。君江は親の家を去って京子の許に身を寄せた時分、絶えず遊びに来る芸者たちがおじさんおじさんというのをまねて、同じようにおじさんと呼んでいた。本名は川島金之助とい

って或会社の株式係をしていたが遣い込みの悪事が露われて懲役に行ったのである。その時分は結城ずくめの凝った身なりに芸人らしく見えた事もあったのが、今は帽子もかぶらず、洗ざらした手拭地の浴衣に兵児帯をしめ素足に安下駄をはいた様子。どうやら出獄してまだ間がないらしいようにも思われた。

　川島は手拭浴衣の襟を寒そうに引合せ、「このざまじゃア、どうもこうもあったものじゃない。むかしはむかし今は今だ。」と取って付けたように笑いながらも、絶えずそれとなく四辺に気を配っているらしく、何とつかずそわそわしている。年はその時分既に四十五、六になっていたが、白髪もさして目につかず、中肉中丈の後姿は、若い妾とつれ立って散歩に出かける時などは、随分様子のいい血気盛の男に見まがうほどであったが、今見れば、妙に黄ばんだ顔一面、えぐったような深い皺ができ、蓬々とした髪の毛の白くなったさまは灰か砂でも浴びたように爺むさく、以前ぱっちりしていただけ、落窪んだ眼は薄気味のわるいほどぎょろりとして、何か物でも見詰めるように輝いている。

「その時分はいろいろ御世話になりまして。」と君江は挨拶にこまって、思出したように礼を述べた。

「やっぱりこの辺にいるのかい。」

「市ヶ谷の本村町におります。」

「そう。じゃ、またその中、どこかで逢うだろう。」とそのまま行きかけるので、君江は住処だけでも聞いて置きたいと思って、二歩三歩一緒に歩きながら、

「おじさん。京子さんにお逢いになって。わたしその後はしばらく逢いません。」と鎌を掛けて見た。

「そうか。富士見町に出ているそうじゃないか。噂はきいているけれど、このざまじゃア行ったところで、寄せつけまいから、いっそ逢わない方がいい。」

「あら、そんな事はありませんわ。逢ってお上げなさいましよ。」

「君子さんの方はその後どうしているんだね。定めし好きな人ができて一緒に暮しているんだろう。」

「いいえ。おじさん。相変らずなのよ。とうとう女給になってしまったのよ。病気でこの一週間ばかり休んでいますけれど。」

「そうか。女給さんか。」

話しながら歩いて行く中、川島は木蔭のベンチには若い男女の寄添っている他には、人通りといっても大抵それと同じような学生らしいものばかりなので、いくらか安心したらしく、自分から先に有合うベンチに腰をおろし、「いろいろききたい事もある

んだ。君子さんの顔を見ると、やっぱりいろいろな事を思出すよ。むかしの事はさっぱり忘れてしまうつもりでいたんだが……。」

「おじさん。わたしも今から考えて見ると、諏訪町で御厄介になっていた時分が一番面白かったんですわ。さっきも一人でそんな事を考出して、ぼんやりしていましたの。今夜はほんとに不思議な晩だわ。あの時分の事を思い出して、ぼんやり小石川の方を眺めている最中、おじさんに逢うなんて、ほんとに不思議だわ。」

「なるほど小石川の方がよく見えるな。」と川島も堀外の眺望に心づいて同じように向を眺め、「あすこの、明いところが神楽阪だな。そうすると、あすこが安藤阪で、樹の茂ったところが牛天神になるわけだな。おれもあの時分には随分したい放題な真似をしたもんだな。しかし人間一生涯の中に一度でも面白いと思う事があればそれで生れたかいがあるんだ。時節が来たら諦めをつけなくっちゃいけない。」

「ほんとうね。だから、わたしも実は田舎の家へ帰ろうかと思っていますの。女給をしていても、それは別にかまわないんですけれど、つまらない事から悪く思われたり恨まれたりするのがいやですし、それにいつどんな目に遇わされるか知れないと思うと、何となくおそろしい気がしますから……。おじさん、わたし十日ばかり前に自動車からつき落されて怪我をしたんですよ。まだ、痕がついているでしょう。ね。それから腕にも痕が残っています。」と浴衣の袖をまくり上げて見せた。

「かわいそうに。ひどい目に逢ったな。恋の意恨か。」

「おじさん。男っていうものは女よりもよほど執念深いものね。わたし今度始めてそう思いましたわ。」

「思込むと、男でも女でも同じ事さ。」

「じゃ、おじさんもそんな事を考えた事があって。先に遊んでいる時分……。」

突然土手の下から汽車の響と共に石炭の烟が向の見えないほど舞上って来るのに、君江は川島の返事を聞く間もなく袂に顔を蔽いながら立上った。川島もつづいて立上り、

「そろそろ出掛けよう。差閊がなければ番地だけでも教えて置いてもらおうかね。」

「市ヶ谷本村町丸〇番地、亀崎ちか方ですわ。いつでも正午時分、一時頃までなら家にいます。おじさんは今どちら。」

「おれか、おれはまア……その中きまったら知らせよう。」

公園の小径は一筋しかないので、すぐさま新見附へ出て知らず知らず堀端の電車通へ来た。君江は市ヶ谷までは停留場一ツの道程なので、川島が電車に乗るのを見送ってから、ぶらぶら歩いて帰ろうとそのまま停留場に立留っていると、川島はどっちの

方角へ行こうとするのやら、二、三度電車が停(とま)っても一向乗ろうとする様子もない。話も途絶えたまま、またもや並んで歩むともなく歩みを運ぶと、一歩一歩(ひとあしひとあし)市ヶ谷見附が近くなって来る。

「おじさん。もうすぐそこだから、ちょっと寄っていらっしゃいよ。」と言った。君江はもし田舎へでも帰るようになれば、いつまた逢うかわからない人だと思うので、何となく心淋(さび)しい気もするし、またあの時分いろいろ世話になった返礼に、出来ることならむかしの話でもして慰めて上げたいような気もしたのである。

「さしつかえは無いのか。」

「いやなおじさんねえ。大丈夫よ。」

「間借をしているんだろう。」

「ええ。わたし一人きり二階を借りているんですの。下のおばさんも一人きりですから、誰にも遠慮は入りません。」

「それじゃちょっとお邪魔をして行こうかね。」

「ええ。寄っていらっしゃいよ。おばさんは誰か男の人が来ると、何でもない人でも、いやに気をきかして、すぐ外へ行ってしまうんですよ。あんまり気が早いんで気まりのわるい事がある位ですわ。」

君江は堀端から横町へ曲る時、折好く酒屋の若いものが路端に涼んでいたのを見て、麦酒三本と蟹の鑵詰とをいい付け、「おばさん。唯今。」といいながら川島を二階へ案内した。留守の中老婆が掃除をしたと見え、鏡台の鏡にも友禅の片が掛けられ、六畳の間にはもう夜具が敷きのべてあった。川島は障子際に突立ったまま内の様子を見てびっくりしたように目ばかり光らせているので、君江は何の事とも察しがつかず、「おばさんはまだ病気だと思っているのよ。今片づけますわ。」と押入の襖をあけて枕をしまいかける。

川島は始めて我に返ったらしく狼狽えた調子で、「君子さん。かまわずに置いてくれ。お客様にされちゃアかえってこまる。」

「じゃ、このままにして置きましょう。御厄介になっている時分、着物一つ畳んだ事がないってよくお京さんに言われましたわね。だらしがないのはその時分から、おじさんも御承知なんですから。」と鏡台の前にあったメリンスの座布団を裏返しにして薦めた。

おばさんが麦酒と蟹の鑵詰に漬物を添えて黙って梯子段の上の板の間に置いて行く。その物音に君江は立って座敷へ持運び、「おじさん。お肴なら何でも御馳走しますわ。表の家が肴屋ですから窓から呼べば何でも持って来ます。」

川島は君江のついだビールを一息にコップ一杯飲干したまま、何ともいわず、明放した窓から見える外の方へ気をくばっている様子に、君江は一度懲役に行くとこうまで世間へ気をかねるようになるものかと、気がついて見ればいよいよ気の毒になって、

「わたし、今日起きたせいだか、暑いくせに何だか風が寒いような気がするのよ。」とその実蒸暑くてならないのに、窓の障子を半ばしめてしまった。

川島は二杯目のビールに忽ち目の縁を赤くして、「世の中は何といってもやっぱり酒と女だな。おれももう一度奮発して働いて見ようかと思うんだが、ひびたけの入った身体じゃどうする事もできない。君子さんなんかはこれからだ。これから先ほんとうに世の中の味がわかって来るんだよ。田舎へ帰るなんて、先刻そう言っていたけれど、半月といられるものか。おれ見たようになっても、赤い布団を見たり、一杯飲んでぽうッとすると、やっぱりむらむらとして来るからな。」

「おじさん。もうすっかり堅くなっておしまいなのね。」

君江は川島が出獄して後現在どうしているのかきいて見たいと思いながら、あけすけには問いかねて遠廻しにこう言って見たのである。川島は大分好い心持になったと見え、調子もいくらか元気づいて、「無い袖は振れないから一番いいのさ。娑婆へ出てから、乞食も同然、お酒どころか飯も食えない事があったよ。倅が丈夫でいたらど

うにか力になるんだがね。おれがあっちへ行っている中に肺炎で死んでしまうし、嬶(かかア)は娘と一緒に田舎へあずけてある始末だ。まだ四、五年たたなくっちゃ芸者に売る事もできないのさ。以前世話をした奴らに頼んだら、どうにかしてくれない事もなかろうが、それほど恥(はじ)を晒(さら)して歩く位なら一思(ひとおもい)に死んだ方がまだしもだよ。君子さん、今夜の事はあの世へ行っても……おじさんは忘れないでお礼を言うよ。」

「あら。おじさん。そんな事……。わたしの方がいくらお世話になったか知れませんわ。こうして一人でやって行けるようになったのも元はといえば、みんなおじさんのおかげじゃアありませんか。始め事務員になったのも、おじさんのおかげだし……。それから段々いろいろな事を覚えて……。方々の待合や何かの様子を覚えたのもやっぱりおじさんのおかげですわ。」

「はははは。今夜のビールはわるい事を教えてもらった御礼か。それなら、おじさんも遠慮せずに御馳走になろう。あの時分商売人の京子がびっくりしたくらいだからな。今はたいしたもんだろう。」

「割合にそうでもない事よ。あの時分会社の方(かた)には随分おちかづきになったわねえ。みんなどうなすってしまったんでしょう。カッフェーでもお見かけした事がありません。」

「そうか。みんな相応に年をとっていたからな。それにあの会社もつぶれてしまったから、窮っているのはおればかりでもないんだろう。」

「おじさんなんか。まだまだそんなに老込む年じゃないわ。六十になっても、いやになるほど元気な人があってよ。」と君江はその実例に松崎博士の事を語ろうとしてそのまま黙ってしまった。

「遊びも癖になるとつい止められなくなるもんだ。」

「おじさんなんかも、以前が以前だから、また直に癖がついてよ。」

十日ばかり君江も酒を断っていた後なので、話をしている中に忽ち取寄せた三本のビールを空にしてしまった。

「商売だけあって凄くなったな。あすこにあるのはウイスキイじゃないか。」

「アラ。病気や何かで、すっかり忘れていたわ。」と君江は棚の上に載せたままにして置いた角壜の火酒を取りおろして湯呑につぎ、「グラスがないからこれで我慢して下さい。」

「おれはもういけない。」

「じゃア、ビールか日本酒を貰いましょう。」

「もう何にもいらない。久振りで飲むとカラ意久地がない。帰れなくなると大変だ。」

「お帰りになれなかったら、そこへお休みなさい。かまいません。」と君江は湯呑半分ほどのウイスキイを一口に飲干す。

「女給さんの手並みはなるほど見事だ。」

「日本酒よりかえっていいのよ。後で頭が痛くならないから。」と咽喉の焼けるのを潤すために、飲残りのビールをまた一杯干して、大きく息をしながら顔の上に乱れかかる洗髪をさもじれったそうに後へとさばく様子。川島はわずか二年見ぬ間に変れば変るものだと思うと、じっと見詰めた目をそむける暇がない。その時分にはいくら淫奔だといってもまだ肩や腰のあたりのどこやらに生娘らしい様子が残っていたのが、今では頬から頤へかけて面長の横顔がすっかり垢抜けして、肩と頸筋とはかえってその時分より弱々しく、しなやかに見えながら、開けた浴衣の胸から坐った腿のあたりの肉づきはあくまで豊艶になって、全身の姿の何処ということなく、正業の女には見られない妖冶な趣が目につくようになった。この趣は譬えば茶の湯の師匠には平生の挙動にもおのずから常人と異ったところが見え、剣客の身体には如何にくつろいでいる時にも隙がないのと同じようなものであろう。女の方では別に誘う気がなくても、男の心がおのずと乱れて誘い出されて来るのである。

「おじさん。わたしも今ので少し酔って来ましたわ。」と君江は横坐りに膝を崩して窓の敷居に片肱をつき、その手の上に頬を支えて顔を後に、洗髪を窓外の風に吹かせた。その姿を此方から眺めると、既に十分酔の廻っている川島の眼には、どうやら枕の上から畳の方へと女の髪の乱れくずれる時のさまがちらついて来る。

君江は半眼をつぶってサムライ日本何とやらと、鼻唄をうたうのを、川島はじっと聞き入りながら、突然何か決心したらしく、手酌で一杯、ぐっとウイスキーを飲み干した。

＊　＊　＊　＊

何やら夢を見ているような気がしていたが、君江はふと目をさますと、暑いせいかその身は肌着一枚になって夜具の上に寐ていた。ビールやウイスキーの壜はそのまま取りちらされているが、二階には誰もいない。裏隣の時計が十一時か十二時かを打続けている。ふと見ると枕もとに書簡箋が一枚二ツ折にしてある。鏡台の曳出しに入れてある自分の用箋らしいので、横になったままひろげて見ると、川島の書いたもので、

「何事も申上げる暇がありません。今夜僕は死場所を見付けようと歩いている途中、偶然あなたに出逢いました。そして一時全く絶望したむかしの楽しみを繰返す事が出来ました。これでもうこの世に何一つ思置く事はありません。あなたが

京子に逢ってこのはなしをする間には僕はもうこの世の人ではないでしょう。くれぐれもあなたの深切(しんせつ)を嬉(うれ)しいと思います。私は実際の事を白状すると、その瞬間何も知らないあなたをも一緒にあの世へ連れて行きたい気がした位です。男の執念はおそろしいものだと自分ながらゾッとしました。ではさようなら。私はこの世の御礼にあの世からあなたの身辺を護衛します。そして将来の幸福を祈ります。ＫＫより。」

君江は飛起きながら「おばさんおばさん。」と夢中で呼びつづけた。

昭和六年辛未(かのとひつじ)三月九日病中起筆至五月念二(にじゅうに)夜半纔(やっと)脱初稿荷風散人

カッフェー一夕話（いっせきわ）

これは銀座の或カッフェーで聞いたはなしである。

銀座にかぎらず都下のカッフェーといえば、まずその家屋内外の体裁を始めとして、女給仕人の衣服髪かたち、出入する客の言語風采人品から、飲食物、奏楽、椅子テーブルの如きものに至るまで、穏雅なる趣味には全く遠ざかった特種の世界である。然しかくの如き周囲の光景は却て一夜わたくしをして、お蔦という女給仕人の身の上ばなしに耳を傾けさせた所以となった。偶然といい意外という事情の下には、いかに平凡な談片にも忽ち溌剌たる興味が湧き起されるものである。お蔦の語ったその身の上ばなしは、粗野喧囂なるカッフェーに在って聞くよりも、どこか、もすこし静なところで、しんみりと聞くべきものであるように、その場合わたくしには思われたのであった。

お蔦という女給仕人は見たところ年は二十前後。東京の女だということは、その言葉づかいを聞くより先に、顔の色の浅黒いのと、皮膚のあらいのと、目鼻立の整っていないのとで、直にそれと察しられる。丈は高い方ではないが、撫肩で肉付がしまっているので、荒い竪縞のお召でも着こなした後姿は、案外形よくすらりとしている。髪はいつも頭巾でも冠ったようなオールバックに結っているので、円顔の広い額が猶更広く見えるのを、当人は少しも気にせず、却てそれをよい事に活動写真で贔屓にする西洋女優の顔に似せようと黒目勝の眼の下目縁には墨をさし、両方の眉根を八の字形に削付け、白粉も玉子色のものをつけ、頬には薄く紅をさしている。されば着物の着こなしも帯は勿論胸高に、帯揚を乳の上あたりで堅く結び、袖は雛妓の振袖の如く、襟は思うさま深く引合せた上に、半襟には堅いシンを入れて、頤の下で一文字になるようにしている。白いエプロンの紐を大きく前で蝶結びにした間に、柴山細工の根付をつけたビールの栓抜をはさみ、金鎖のついた高価な鉛筆をぶら下げているのは、銀座辺のカッフェーでのみ見られる風俗であろう。

その晩はあたかも二百二十日前後のことで、降りつづいた秋霖に、銀座通りも日が暮れると共に人通もおりおり杜絶えがちになる静けさ。カッフェーのテーブルは大方あいていたので、手持無沙汰の女給達はあちらこちらの壁際に四五人ずつ寄集って、コンパクトの箱を掌にかざし、白粉の上塗りばかりしている最中、夕刊の新聞を見ていた一人が、突然、「九州の方は大変な大水なんだとさ。」とさも珍しそうに言うと、他の一人が生あくびを噛みしめながら、「東京は大丈夫なのかしら。いくら雨が降っても。」とききかえした。

「東京は大丈夫よ。河があっても隅田川だけじゃないの。」

するとまた別の女が、「大丈夫な事はないわヨ。東京だって随分大水の出たことがあってよ。わたし何でも三つか四つの時分だったわ。父さんにおぶって貰って逃げた時のことを、かすかに覚えているわ。」

洪水のはなしは忽ち転々としてわたくしのテーブルの傍に立っている女達のはなしにまで移って来た。その中にかのお蔦がまじっていて、「向島の家の二階には水の出た痕が随分後まで壁や柱に残っていたのよ。わたしが貰われて行った家なんぞもそうだったわ。あの辺は地震の時にも焼けなかったから、きっと今でも残っているだろうと思うのよ。大水の時は飲まず食わずで幾日も屋根の上にいたんですってね。」

お蔦はわたくしに当時の光景を質問でもするような調子ではなしかけたので、わたくしは、

「お前、向島の大水に遭ったのか。」ときいて見た。

「いいえ。大水の時はまだ牛込の家にいたから知りません。」

「その時分いくつだった。」

「そうねえ。それを言うと年がわかってしまうから止しましょう。小さな子供の時分

よ。」

「子供は小さいにきまっているよ。大地震の時はやっぱり向島か。」

「いいえ。もうその時にはほんとの家へ帰っていました。貰われて行った向島の家は、母さんが新ちゃんという子供をつれて信州へ逃げて行ッちまったので、父さんもその跡を追掛けて行ったッきり、三月(みつき)ばかりも音沙汰なしなのよ。そんな事でつまり家の商売は駄目になってしまうし、それからまだ、いろいろごたごたした事があったんで、わたしはほんとの家へ還(かえ)って来たんですの。十六のお正月でしたわ。今から考えるとまるで夢のようよ。一人ぼっちで向島の家にお留守番をしていた時の事を思うと、わたし自分ながらよく淋(さび)しくなかったと思うわ。何しろ十五の時のことですもの。」

「向島はどの辺にいたんだ。」

「寺島町(てらじまちょう)よ。」

「寺島のどの辺だ。」

「アノ蓮華寺(れんげじ)ッて云うお寺。御存じ？」

「知っているさ。向島ならどこでも知っている。白髯(しらひげ)さまの後(うしろ)だろう。あのお寺の庭にはむかし有名な松の木が在ったんだよ。門の前の通りにたしか小学校か何かあったね。」

「ええ。寺島町の役場もあるわ。わたしのいた処はそのじき傍なのよ。江東軒て云う洋食屋をしていたのよ。」

「そうか。それじゃ女給さんはお手の物だな。お父さんはコックさんかね。」

「ところがそうじゃないの。洋食屋はわたしが貰われて行ってから、遊んでいても仕様がないッて言って、洋食屋をはじめたのよ。コックは別に雇ったンですけれど、女給は母さんとわたしと二人でやったんだわ。」

「父さんは何をしていたんだ。」

「帳面をつける位で何もしやしないわ。父さんは、わたしよく知らないけれど、むかし神楽坂で唐物屋をしていた時分には身代もよかったんですとさ。ところが母さんが芸者をしていた時分に大変深くなって、父さんは養子に行っていた唐物屋の家を飛出すし、母さんは先の旦那とできた男の子を連れて父さんと二人で大阪へ行って、何か商売をしていた事があるんですとさ。それから東京へ帰って来て向島へ家を持ったのよ。だから随分仲がよかったわ。どこへ行くんでもきっと二人一緒なのよ。だけれど今から考えて見ると、父さんの方が余計に惚れていたんだわね。新ちゃんという子供の事でごたごたすると、母さんはきっと怒って田舎へ還るって言出すのよ。すると父さんはどうする事もできないで黙ってしまうのよ。新ちゃんというのは低脳ないやな児だったワ。わたしより二ツ年上なのよ。色が真黒で、お賓頭顱さま見たようにでぶでぶ肥って、手でも足でも大根見たようなのよ。学校はどうしても高等科に這入れないで尋常四年でよしてしまったのよ。それだから、母さんの身になると新ちゃんの事が一倍不憫でたまらなかったらしいのねえ。行末はわたしと一緒にするつもりだったかも知れないのよ。だけれど、わたし新ちゃんがきらいできらいで、一緒に御飯をたべるのもいやな事があったのよ。だから、御飯時分になるとよく外へ遊びに行って、真暗になってから帰るようにしていたのよ。白髯さまの樹の下なんぞで、近所のお友達と遊んでいると、大きなずうたいをして鼻を垂らしながら、蔦ちゃん御飯一緒にたべようよッて、呼びに来るのよ。すると、みんなが、ソラ蔦ちゃんとこの坊やが来たって囃すんでしょう。わたしもう口惜しくなって、何処へか行っちまおうと思ってさ。雨が降って来たのもかまわないで、白髯橋を渡って、浅草公園の中を夜おそくまでぶらぶらしていた事があったわ。それはまだ十一二の時分なのよ。それからお針のお稽古に業平橋のお師匠さんのとこへ通ってる時分、雨が降ると、よく傘と下駄を持って曳船通で待っているんじゃないの。憎らしいからわざッと土手の方を遠廻りして帰って来たこともたびたびだったわ。」

「それじゃ寝る時はどうしたんだ。兄妹なら一つ座敷に寝たんだろう。」

「いいえ。わたしは母さんや父さんと三人一緒に寝て、新ちゃんだけ男だから一人二階に寝るんだったわ。洋食屋のお店の方とは家が別になっていたのよ。先にはきっと別荘か何かだったろうと思うのよ。わたし達のいた住居の方は、そうねえ。まるで三千歳の芝居で見るような、蠣殻を載せたしゃれた門があって、飛石が敷いてあって、お庭もちょいと広かったわ。洋食屋の方は貸家だったのを、わたしが貰われてから、内を直してお店にしたのよ。だから、夜お店の用をすましてから母さんと一緒に住居の方へ帰って来て、暑い時分は、お庭で行水をつかって寝るのよ。お月夜で虫が鳴いている時分なんぞ、樹の枝へ浴衣を引掛けて、行水をつかうんでしょう。まるで田舎の百姓家見たようだったわ。」

「お前が裸体になると、新ちゃんがのぞきに来たろう。」

「ええ。来たわよ。父さんに目つかって、イヤッていうほど引ぱたかれてサ。ほんとにあんな好い気味ッちゃなかったわ。だけれど、母さんが家を出たのも、つまりは父さんが時々新ちゃんを邪慳にしたからなのよ。新ちゃんはもともと母さんが商売をしていた時分にできた児でしょう。実のところは誰の児だかわからないらしいのよ。それも利口で可愛らしい児なら、父さんだって承知の上で母さんと一緒になったんだから、何とも言やしないんでしょうけれど、まア不具者同然なんでしょう。だから、父さんの言うのは、母さんの家が信州の何とか言ったわ。小諸からもうすこし先の何とかいう処で宿屋をしているんですとさ。毎月お金をやるからそこへ預けた方がいいッて言うのよ。東京に置いても学校はだめだし、大きくなってぶらぶらしていたって、自動車にひかれるくらいが関の山だって言うのよ。ところが母さんの身になると、どこまでも自分の側に置いて世話がしたいんだわねえ。わたし夜中に母さんの泣いている声を聞いて目をさましたことが幾度もあったのよ。わるいからいつでもそのまま寝た振りをしていたわ。母さんはそんなに坊やが邪魔になるんなら、一緒に田舎へ行ってしまうッて言うと、父さんはお前はおれよりか新太郎の方が大事なんだから仕様がない。今更別れるの何のと言ったって、それはお前の我儘で、人をこまらせるというもんだッて、しまいには父さんの方が折て母さんの機嫌を取るのよ。だけれど、とうとう或晩、まだ幮がつッてあった時分だわ。どういうわけだかその始りは寝ている最中だったから分らなかったけれど、夜中に父さんが怒って、母さんの襟髪をつかんでひどい目に会したのよ。いつもなら、わたしが目を覚しゃしないかと思って、父さんは大きな声を出しそうにしちゃア気がついて遠慮をするのを、その晩は母さんが御免なさいって言って幮の外へ逃げ出そうとしたのを、後から髪の毛をつかんで引摺り倒して撲ったのよ。わたしも夢が夢中で御免なさいッて泣きながら父さんに抱きついたのよ。母さんはたしか一日置いてその翌る日だったわ。父さんがお湯に行っている間に新ちゃんをつれて田舎へ行ってしまったのよ。わたしはお針のお師匠さんのとこへ行っていたのよ。帰途に源森橋の処まで来ると、急に雨が降って来たから、いつもの通を行くと、新ちゃんがまた傘と下駄を持って来るのに出ッくわすだろうと思って、それがいやだから、瓦町のお秋ちゃんて云うお友達の内へ寄って傘を借りようとすると、お秋ちゃんの内はみんなでもう羽子板の押絵をこさえているのよ。お秋ちゃんとこのおじさんは押絵の名人なのよ。急にお正月が来たような気がしちまって、つい面白いもんだから看ている中に日が暮れちまったじゃないの。急いでも小梅から寺島までは随分あってよ。叱られると思うから、そっと洋食屋のコック場の方から這入ると、コックの爺やが、蔦ちゃんも一緒じゃないかッて父さんが血眼になっておいでだよ。早く行って安心させてお上げッて言うのよ。父さんはお湯から帰って来て、母さんの置手紙を見ると、直ぐ上野の停車場へ馳けつけて見たんですとさ。その晩、わたしと父さんと二人ッきりになっちまって、いつもの処に寝たんだけれど、あんな怖い晩はなかったわ。夜中になって、父さんはそうっと起き上って、わたしの寝息を窺ってから、母さんの鏡台だの用簞笥だの、そこいら中の物をさがしちゃア、時々溜息をつくのよ。悲観して自殺でもするんじゃないかと思ってさ。よっぽど起きてどうかしようかと思ったのよ。だけれど身体が顫えて声が出ないからそのまま寝たふりをしていたわ。すると父さんも布団の中へはいったから、まアいいと思って、知らず知らず今度はほんとに寝てしまって、眼を覚ますと、父さんはもう内にはいなかったのよ。その晩、わたしの名宛で電報が来たの。」

「お前一人、置いてき堀をくったんだね。」

「そうなのよ。父さんが帰って来るまで、わたしどうしていいか分らないから、ぼんやり一人でお留守番をしていたのよ。洋食屋の方はコックのじいやが、どうにか遣って行けない事はないッて言うから、わたしその時十五だったけれど、毎日帳面をつけて働いたんだわ。だからこの商売の事はよくわかってるわ。食物商売ッてものは案外やって行けるものなのよ。」

「母さんのはなしはそれから結局どうなったのだ。」

「父さんだけ家のことが心配になったと見えて、先に帰って来たのよ。母さんも後から帰って来た事は来たけれど、その時には、わたしはもう向島にはいなかったのよ。それでほんとの家の方で、あんな処へはやって置けないとか何とか言ったらしいのよ。それで牛込の家へ還って来たんですけれど、何しろ一度余所へ貰われて行った身体だし、それに兄弟も大勢なんですから、それでとうとう女給に出るようになったのよ。その後向島の父さんはどうしたか知らないわ。母さんは一昨年電車の中でちょっと見かけたことがあったわ。知らない男の人と一緒のようだったけれど、電車がこんでいたし、わたしも降りようとするところだったから、それなり口もきかないで別れてしまったのよ、ちいさい時分の事を思出すと何となく不思議な気がするわねえ。」

お蔦のはなしはこれだけである。わたしは何やら可憐な小説でも読みきかされているような心持がした。そして、もしもわたくしにして、かの「たけくらべ」を作った一葉女史の如き文才があったならば、お蔦のはなしを材料にして、白髯から業平橋に至る向島一帯の地を背景となし、その辺に遊んでいる群童とその父兄の生活をも併せて描き出す事ができはせまいかと云うような心持もした。然しそれは唯その一刹那そう云う心持がしたばかりで、制作の興会はとうとう集注せらるるに至らずして歇んだ。わたくしはお蔦のはなしを半微醺の間に聞いていた故でもあろう。

（昭和三年十二月稿）

永井荷風氏の「つゆのあとさき」

川端康成

谷崎潤一郎氏の「盲目物語」につづいて、また永井荷風氏の大作「つゆのあとさき」が月刊雑誌に現れたことは、いろいろな意味で、私達にも喜ばしい興奮を感じさせる。しかし、私は「盲目物語」に半ば失望したように、この「つゆのあとさき」(中央公論)にも、やはり半ば失望した。それは、作品のなかへの作者の現れ方についてである。谷崎氏の現れ方については、私は今月の「中央公論」に書いているから、ここでは略するが、要するに谷崎氏は一種の古典的な文体の感情の霧に、作者自身の感情をつつもうとしたのであった。ところがこれと反対に、永井氏は自分の感情を露骨に現してははばからなかった。その結果「つゆのあとさき」の芸術的気品は失われ、やや浅薄な作品となってしまった。永井氏の並々ならぬ人の世の知り方にもかかわらず、若い者にも見すかされるような隙が、作品に出来てしまった。

ここにいう感情とは、主に好悪の感情である。登場人物に対する永井氏の好悪は実に露骨である。主要人物の女給と通俗流行作家とは、作者から侮蔑され冷笑されている。副人物の作家の父と妻とは、作者から同情され讃美されている。好ましいものを書く時と厭わしいものを書く時とは、文章の調子まではっきりとちがう程に、この感情は甚だしい。従って、現代世相の一端を厭悪し冷嘲している作者の気持は、余りに明らかであるが、そのためにまた、明らかなものが先ず第一に批判の対象として、読者の頭に浮ぶだろうことも明らかである。そして、この批判のし方には、一つの皮肉な裏道がある。

郊外に閑寂な隠遁生活を送っている老漢学者、日本風に心のこまやかな若い妻、この二人が、一人には息子であり、一人には夫である、俗悪な小説家の兇暴な生活の蔭で、寂しく心を通わせる。永井氏好みの文人趣味と古風な家庭の女である。いかにも美しい。しかし、この美しい人物は、少し深く眺めると、全く類型的にしか描かれていない。なんだ、これは嘘だと、がっかりする。そこで飜って、作者に憎まれている人物の側に眼を転じ、ここにも嘘はないかと疑ってみるのは順序である。果して、通俗流行作家及びその取巻き連中は、甚だ通俗的な悪意でしか取り扱われていない。目を反向けるといった風の嘲りと憤りとは、実は作者としての永井氏の弱さを現しているに過ぎないことが、読者に分って来る。作者の世相観察がやや浅薄だと云わざるを得なくなって来る。例えば、同じく金に対する人間の妄執を深く描いたにしても、永井氏の「榎物語」（数月前「中央公論」に発表の作品）が、西鶴の冷徹に及ばざるゆえんである。

ただしかし、主人公の女給だけは、類型を越えて生き生きと動いている。酒場に出入りしない私は、女給生活の真相を知るよしもないが、女給小説の氾濫のなかにあって、この「つゆのあとさき」は流石に若い眼の及ばぬまことを捉えていると思う。生れながらに娼婦の肉体を持ち、環境がそれに手つだって、無貞操で無恒心の生活に流れてゆく、近代都会の「ナナ」、恐らく作者はかの女を厭悪しながらも、世の因果な男達と共に、愛著せずにはいられなかったのだろう。この作品の成功はそこにある。ここで、私の皮肉な裏道は表通へ出たのである。

（「文芸月評」『東京日日新聞』昭和六年九月二十九日）

「つゆのあとさき」を読む

谷崎潤一郎

○

硯友社に依って代表される明治中葉頃の文学の伝統は、その後引きつづいて起った自然主義その他の主張に取って代られて、今では殆どその名残を留めない。当時の作家たる露伴、鏡花、秋声の諸氏は今日も健在であるけれども、秋声氏はもともと硯友社風の肌合の人でなく、早くより自然主義に転じた。鏡花氏は紅葉一門の中にあって最初より独自の芸術境を持っていた人であり、今日もなおその境地を固く守っておれるが、しかし忌憚なくいうと、紅葉の衣鉢を継いだ作家とはいいがたい。氏は疑いもなく故山人門下の駿足ではあるが、あまりに氏自身の特色が濃い。この師匠と弟子との作品は、文学史上において互に光りを争うことが出来るとしても、両作家の素質、その芸術上の境地はよほど違うと思う。一と口にいえば紅葉は写実的、鏡花氏は浪曼的である。露伴氏もまたその意味において硯友社風でない。氏の哲学的な、主観的な作風は、夙に紅葉の客観的な作風に対立していたものであった。

私は今、「硯友社の伝統」といい、「紅葉の衣鉢」といったが、それが何を意味するかを茲で一往はっきりさせて置こうと思う。けだし、小説という文学の一形式が、明治以後の日本の文壇において他の何物よりも重要な位置を占めるようになったのは、いうまでもなく西洋文学の影響であるけれども、東洋にも昔からこの形式がなかったのではない。われわれの遠い祖先は、既に平安朝の頃から、当時の世態人情を表わすのに最も都合のいいような架空の人物を活躍せしめて、それらの人間の生活状態を写すと共に、彼らが住んでいた時代の姿、世のありさまを、哀れ深く、こまごまと再現する技術を心得ていた。それらの物語の特長は、篇中に数人もしくは数十人の人物を登場せしめ、彼らを互に関連させ会話させるけれども、作者自身は常に隠れていて、決して主観を現わさない。或る一人物の言葉を借りて作者の思想なり人生観なりを吐露するということも殆どない。今日のいわゆるテーマなどというものもない。作者はあたかも曇りのない鏡のように、それ自身は何らの色彩も先入主も持たないで、その前を通り過ぎるさまざまの物象をあるがままに映してみせる。だから、従って、そのいろいろの人物の心理にまで余り深く立ち入るようなこともめったにない。十人十色の人間が入れ代り立ち代り場面に現れて、思い思いに動いたり語ったりするうちに、次々に事件が湧き上り、発展し、幾変遷を重ねるところに、移り行く世の姿が描かれる。まあいって見れば一種の風俗史、――文章に綴った絵巻物であるが、しかも傑れた作者は純客観的描写の手法を厳守しながら、篇中の人物の動静の模様や情景等を立体的に浮き上らせ、己れは何も意見を述べないで人生の甘味、苦味、酸味を読者に教え、読者をして自らそれを経験したと同じような感慨を催させ、読後の記憶が自己の体験の記憶の如く折に触れてしばしば想い出されるようにさせ、それだけ読者の思想や感情を豊富にし、複雑にする。

西洋でもこういう作風があり、純客観的作家の方が主観的傾向の作家よりも偉大だとされた時代があるらしい。[1] が、東洋の小説や物語というものは、従来殆ど皆これであった。拙いものは低級な人形芝居たるに止まり、徒らに事件がごちゃごちゃしてうるさいばかりだが、その優秀なものになると、社会相、時勢相、その中に生きる箇々の人間の性格、運命等を暗示し、あるいは読む者をその境地に引き入れる。いずれにしても、それらは作者の主観を交えない説話であって、時に依ると、客観的態度があまり極端な結果、作者がいったい何の目的、何の興味で、こんなに細々と、長々と、架空の事件をまことしやかに物語っているのか、ちょっと底の知れない薄気味悪さを覚えさせる。善悪美醜の人々を等しく公平に取り扱って何らの同情も批判も与えず、何処まで行っても唯整然たる描写があるばかりなので、作者がへんに冷徹なニヒリストのように見えて来る。此処まで徹底したものは日本には割りに少いが、鷗外の「雁」などはややそれに近い。私はあまり支那小説を沢山読んでいないので、たしかなことはいえないけれども、支那にはそういう作品が多いのではあるまいか。少くとも「金瓶梅」はその代表的なものだと思う。「紅楼夢」は全巻を通読していないが、これも恐らくはそうであろう。

○

日本でも西鶴の浮世草子などは、やはり作者の客観の鏡が冴え返っているところに虚無的な冷酷さがないでもないが、しかし冷めたいといってもその中に多少の優しみがある。閑寂なうちに何かしら幽艶な情操の流れのあるのが感ぜられる。つまり、われわれの国の芸術家は、いかなる時でもさびとか風雅とかいう嗜みを捨てなかった。小説中に婬蕩なことやむごたらしいことを描いても、毒々しい感じやあくどい感じを与えないように、何処までも「いろけ」を失わないように、手際よく取り扱った。これが、遠く「源氏物語」から糸を引く日本の写実小説の特長であって、明治期における紅葉山人の作物は、西鶴以後に現れたこの方面の一つの頂点であろうと思う。山人の「二人妻」や「三人妻」の如きはその模範的なものだといっていい。就中「二人妻」はちょうど私の母などが娘であった頃の時勢相を写し、二人の姉妹とそれを取り巻く人々を生き生きと動かしている点で、先ず完璧に近い。当時高山樗牛などは、「山人の作物には哲学がない」といって攻撃したものだった。今ならさしずめイデオロギーがないといわれる所であろうが、実はなまじっかの哲学がないために、山人の態度が何処までも白紙であり純客観的であるために、その作品が長く後世に生きる価値を持つのである。但し山人の書き方は、客観的であるけれども、冷酷というほどでない。「二人妻」などには日本の古典に特有な「物の哀れ」がしみじみと出ている。「三人妻」の方はこれに比べると規模も大きく、登場人物も多く、ずっと花やかな世界になるが、ゾラなどに書かしたら定めし毒々しいものになりそうなところを、在来の伝統に背かない範囲で、優雅に、上品に扱っている。

仏蘭西の自然主義は知らないが、日本の自然主義の運動は、この上品な写実主義にあきたらないで起ったもので、これは確かに意義のある運動であった。紅葉の作物も出来のいいのはいいけれども、あまり伝統に囚われた結果、醜悪な場面、露骨な場面をことさらに回避して、ひたすら優美に、綺麗事に走る嫌いがあり、ただ常識的な上ッ面な世間しか見ていないという傾きがあった。紅葉はまだいいとしても、紅葉を学んだ硯友社風の作家たちは、しまいには全くこの弊害に堕して、しかもそれに安んじていた。故内田魯庵翁の話に、翁はその頃英訳の「罪と罰」を読んで、西洋の小説の複雑で深みのあるのに驚き入ってしまい、紅葉などは実に足元にも及ばないと思ったそうだが、当時の翁の驚きは尤もの次第で、いかにもそう感じたことであろう。とにかく日本の自然主義はあまり大した作物を生まなかったが、硯友社のマンネリズムを掃蕩した点において非常な功績があった。鷗外にしろ、漱石にしろ、荷風氏にしろ、また後輩のわれわれにしろ、自然主義ならざる者も何らかの形で多少とも影響を受けた。今にして思えば、あの運動は、日本の文壇が一度はどうしても通過しなければならないものであった。

○

さて、前置きが大変長くなったが、私は最近の荷風氏の小説「つゆのあとさき」を読んで、計らずも以上に述べたようなことを考えさせられた。

なぜなら、この小説は近頃珍しくも純客観的描写を以て一貫された、何の目的も、何の主張もそれ自身のうちに含んでいない冷めたい写実的作品だからである。もちろんこの小説以外にも、客観的描写の外見を備えた作品は多いことであろうが、この小説におけるが如く、作者が完全にその作品の世界から遊離し切っているものは、近来あまり見当らない。志賀氏、里見氏、久保田氏、佐藤氏などのものには、どんな客観的な作品の場合でも、何処かに作者の自我の現れがあり、行文の間に、芸術的感興というか、緊張というか、燃焼というか、——ともかくも作者を駈り立てているところの創作熱のあることが感ぜられる。しかるに荷風氏のこの作品にはそんなものが少しもない。作者は殆ど何の感興もなしに、いやいやながら、時々五行十行ぐらいずつ書き足して行ったかと思われるほど冷静である。そうかといって、この小説は、往年の秋声氏や白鳥氏などの自然主義的作品のようでもない。これを日本のいわゆる自然主義作品とするには、あまりに場面々々の変化があり過ぎ、筋が面白く出来過ぎている。それに、荷風氏は昔から色彩の豊富な作家であったが、老来その筆が枯淡になっても、なおなまめかしい女主人公の言動や、東京という大都会の街上における四季の風物を叙するに方っては、自然主義の作家に見られない感覚の優雅さがある。たとえば（五）における清岡老人の隠宅の所で、麦門冬に縁を取った門内の小径を中にして片側には梅、栗、柿、棗などの果樹が鬱然と生茂り、片側には孟宗竹が林をなしている間から、その筍が勢よく伸びて真青な若竹になりかけ、古い竹の枝からは細い葉がひらひら絶間なく飛び散っている。栗の木には強い匂の花が咲き、柿の若葉は楓にも優って今が丁度新緑の最も軟かな色を示した時である。樹々の梢から漏れ落る日の光が厚い苔の上にきらきらと揺れ動くにつれて、静な風の声は近いところに水の流でもあるような響を伝え、何やら知らぬ小禽の囀りは秋晴の旦に聞く鵙よりも一層勢が好い。

といい、

……玄関側の高い窗が明放しになっていたが、寂とした家の内からは何の物音も聞えない。窗の下から黄楊とドウダンとを植交えた生垣が立っていて、庭の方を遮っているが、さし込む日の光に芍薬の花の紅白入り乱れて咲き揃ったのが一際引立って見えながら、ここもまた寂としていて、花鋏の音も箒の音もしない。唯勝手口につづく軒先の葡萄棚に、今がその花の咲く頃と見えて、虻の群れあつまって唸る声が独り夏の日の永いことを知らせているばかりである。

というあたり、いかにも風流味が溢れているが、こういう叙景はこの物語の筋の進行にはさほど必要のないもので、自然主義の作家ならば当然書かない部分である。要するにこの小説は、いささか色彩がくすんではいるけれども、やはり一巻の優しい侘(わ)びしい絵巻物であって、ここに私は、西鶴――紅葉に糸を引くところの伝統的作風を見るのである。

○

それにしても、いったい荷風氏はいつ頃からこういう写実的傾向になられたのであろうか。

聞くところに依ると、氏は壮年の頃、広津柳浪(ひろつりゅうろう)に師事されたことがあるそうである。[2] 氏よりも多分六、七歳若輩の私はその時分のことは知らないけれども、私の記憶する限りにおける氏の最も古い創作は「地獄の花」であった。けだしその頃の氏が「ナナ」の抄訳を著わされたことを思えば、当時はゾラの感化を受けておられたのであろう。そういえば「地獄の花」も、――二十年も前に読んだきりだから、たしかなことはいえないが、――ゾラにかぶれた作品だったような気がする。が、この小説は相当に文壇の注意を惹(ひ)きはしたものの、要するに著者の早熟の才を窺(うかが)うに足るだけのものであって、今日から見れば、青年血気の空想に任せて作り上げた幼稚な作品に過ぎないであろう。荷風氏が真に文壇に認められ、俄かに声名を馳せるようになったのは、新帰朝者として「あめりか物語」を発表された以後のことである。当時日本の文壇は、自然主義の横暴時代といってもいいほどの時節であったが、[3]壮年にしてゾラの自然主義にかぶれた荷風氏は、本場の仏蘭西から帰って来られると、敢然として文壇の風潮に逆らい、自然主義とは甚だ隔たりのある、耽美的、享楽的の作品を続々と世に問われた。「あめりか物語」「ふらんす物語」等における作者は、しばしば詠嘆し、しばしば讃美し、しばしば興奮し、主観を憚らず流露させている点において、むしろ詩人的であった。

今、『荷風全集』が手許にないので、この作家の歩んだ道を年代的に辿ることは出来ないが、そののちの氏は、時世に対する不平と反抗に燃えていた一時期があったと記憶する。そうしてそれらの感情が沈静し、やや客観的叙述の方向へ移って行かれたのは「隅田川」あたりが最初ではなかっただろうか。私はあれを読んだ時、「荷風氏も変ったな」と思って、多少さびしく感じたことを覚えている。というのは、あれには従来の荷風氏の熱がなく、新鮮な感覚がなく、かえって「たけくらべ」などの境地に似た江戸趣味の世界へ退かれたように思えたからである。しかしこの作品にも、まだ何処やらに在来の荷風氏らしい詠嘆のあとが、ほのかなためいきの程度において聞えないこともなかったが、それから数年の後、花柳小説「腕くらべ」を書かれるに至って氏の純客観的写実の作風は大成されたといってよかろう。当時佐藤春夫は私にこの「腕くらべ」を読むことをすすめて、[4]「これには過去の荷風氏の芸術が、氏の持っているいいものの総べてが、渾然として一つに纏められている」といっていた。思うにこれを書かれた頃の荷風氏は、既に齢四十に達しておられたか、少くとも四十近くであったであろう。氏は一往そのあたりで作家としての長い成績を振り返り、過去二十年間の自己の芸術から、剪除すべきものを悉く剪除し、精選すべきものを悉く精選して、材を狭斜の巷に取ったあの小説を書かれたかのように見える。とにかくあの作品には、四十台の作家が二十台の自己の作物を読み返してみる時にしばしば感ずるであろうような、気恥しいところ、無躾なところ、生硬なところを総べてすがすがしく洗い落して、今や漸く老境円熟の域に這入ったこの芸術家が、真に己れの身に附いた技巧を見事に完成し、整頓させた趣がある。しかし私は、正直をいうと佐藤が推賞したほどにはこの作品に打たれなかった。円熟の美はあり、斉整の美はあるが、その題材が為永春水以来の花柳界という古めかしい世界に限られ、あまり粋になり過ぎたために現代離れのした気味合いがあって、これでは結局紅葉あたりの綺麗事の境地から一歩も進んでいないと思われた。「巧いことは巧いが、こういうものは春水時代にも硯友社時代にもあったような気がするね」と、私は佐藤にそういったことを覚えている。

が、まあ何にしても、青年時代に詩人風であったこの作家は、「腕くらべ」以後次第に紅葉山人風な写実主義に転ぜられたと認めていい。稀には「雨瀟瀟」の如き例外もあるが、そののちに発表された「おかめ笹」「かくれがに」等の作品は皆これを証する。すべてこれらの小説は、現代に材を取りながら、その形式も、文章も、共に古めかしくなつかしい感じのもので、これを明治時代の『新小説』や『文芸倶楽部』誌上に発見したとしても、さまで不似合いではないであろう。作者自身はどう感ぜられるか知らないが、私はこの数年間が荷風氏の芸術の沈滞期であったと思う。少くともわれわれの眼には、「腕くらべ」を頂点として、氏の創作力は下り坂になりつつあるように見えた。何より私の懸念したのは、氏の筆がだんだん干涸らびて来て、「腕くらべ」に見るような典雅な潤いが乏しくなり、妙にパサパサして、荒んで来たことであった。けだしこの期間における絶品としては、かつて復活後の『明星』誌上に連載された「雪解」(?)の第一章であろう。私はあの麗しい雪晴れの朝の描写を読んだとき、「荷風先生いまだ老いず」と思ったが、しかしあれとても、傑れているのは冒頭の叙景だけであって、第二章以後は頗るあっけない気がした。「荷風の物では

「西遊日誌抄」に止めを刺すね」と、故芥川龍之介がそんなことをいっていたのは、この前後であったらしい。

○

今度の「つゆのあとさき」にも、古めかしいところはかなり眼につく。否、文章の体裁、場面々々の変化配置の工合など、古いといえばこれが一番古いかも知れない。たとえば篇中至る所に偶然の出会いがあり、その出会いを利用して筋を運んで行くやり方など、一と昔前の小説や戯曲に慣用された手段である。しかしそれにもかかわらず、その古い形式が題材の持つ近代的色彩と微妙なコントラストを成して、一種の風韻を添えている。作者は表面緊張した素振りを現わさず、いかにも大儀そうに古めかしそうに書いていながら、その無愛想な筆の跡を最後まで辿って読んで行くと、女主人公の君江という女性があざやかに浮き上って来るのに気がつく。のみならず、ここには夜の銀座を中心とする昭和時代の風俗史がある。震災後における東京人の慌しく浅ましい生活の種々相がある。これはたしかに紅葉山人の世界でも為永春水の世界でもない。「腕くらべ」は作者の過去の業績の総決算に過ぎなかったが、「つゆのあとさき」は齢五十を越えてからの作者の飛躍を示している。私は何よりも先ず我が敬愛する荷風先生の健在を喜びたい。

○

自然主義といい、写実主義といい、今では既に時勢おくれの言葉であるが、私はこういう作品を読むと、昔ながらの東洋風な純客観的の物語、——絵巻物式の書きかたも、使いように依ってはいつの時代にも応用の道があることを感ずる。

元来心理描写だの官能描写だの、乃至は意識の描写だのという風な、内部へ深く喰い込んで行く書きかたは極く近頃の流行であって、われわれの国の古い小説家は、専ら筋の趣向という点に苦心をした。そこには種々なる人物が登場し、さまざまな形でさまざまな場面へ出つ入りつするけれども、それも多くは筋を面白くするための道具に使われているだけで、都合に依っては性格の必然さなども無視されてしまう。つまりこの場合、作者に操られていろいろに動いて行く多数の人物は、筋を弄ぶために勝手に何処へでも置きかえられる将棋の駒に過ぎない。現在でも、興味中心の低級な探偵小説には往々こんな風な人物の扱い方を見受けるが、昔のものは、高級低級の区別なく概してそうであった。徳川末期には筋よりも会話の面白味の方へ重きを置いた作品が現れかけたが、それとて誰がしゃべってもいいようなことをめいめいがしゃべっているだけで、その場の雰囲気を描き出してはいるけれども、会話者の個性が写されるまでには至っていない。そうして少しどっしりした大作になれば結局事件の発展と変化とを以て押して行く外に手段はなかった。

　だが、私はこのことを、当時は技巧が幼稚であったからだとばかりは考えたくない。けだし東洋人には、人間性というものを無視し、人間を木や草や石ころと同じ一塊の自然物と見る傾向がある。これは老荘の虚無思想などから来ているのであろうが、そういう風な人間の見方が知らず識らず小説の方にも現れているのではないかと思われる。読者はしばしば、人間を機械の如く扱った不思議な筋の探偵小説を読むときに、へんに冷酷な、虚無的な感じを抱くであろう。古来の東洋の小説には、いかに激情的な場面、いかになまめかしい場面、功名愛慾その他いかなる人間的な葛藤を描いても、何処かにちょうどそれと同じような冷酷な感じのするものが多く、就中支那の小説には一層それが著しい。たとえば「水滸伝」などは、官僚の悪政治に憤りを抱く文人が、慷慨激越の情を筆に托して時世を諷したものだというようにいわれているけれども、私は読んでそう感じない。それよりもむしろ、あの何十人という性格も境遇も似たり寄ったりの英雄豪傑を、土偶(でく)の如くまたしてもまたしても登場せしめ、根気よくいろいろな事件を編み出しているところに、しょざいのない人が退屈しのぎに無数の人形を作ってみたり並べてみたりしているような寂寞(せきばく)と空虚とを感じる。私は作者施耐庵(したいあん)の人物については何も知らないが、作者自身は時世を憤ったつもりで書いているとしても、その実作者の性格の奥に虚無的なものがあって、それがああいう構想を生んだのではあるまいか。仮に今、茲(ここ)に一人の甚だ徒然(つれづれ)な男があって、人間を蔑視(べっし)し、人生を馬鹿にし切っているとする。そして無聊(ぶりょう)に苦しむあまりにいろいろの人形を拵(こしら)え、それに彩色を施したり衣裳を着せたりして時間をつぶし、次に玩具(おもちゃ)の宮殿だの茅屋(ぼうおく)だのを、ひどく念入りに細工をして幾つも幾つも作り上げて、それへその人形どもを置き並べてみては独りで嬉しがっているとする。その男はもちろんそんな仕事をして一文の金になるのでもなく、誰に見せようというのでもないが、その仕事が無目的なものであり、空虚なものであればあるほど、尚更それに熱中する。「水滸伝」の作者が綿々として同じような人物と事件とを後から後からと繰り出して行くあくどいまでの丹念さは、私に何かしらそういう感じを起させる。うそを楽しむ人でなければ手の込んだうそは吐(つ)けないと同様に、虚無を楽しむ人でなければああまで大がかりな空中楼閣は築けない。幸田露伴氏は「紅楼夢」を評して、「あの小説には大勢集まって飯を食うところばかり多くってね」といっておられたが、なるほどそういえばあれなどにも同じ趣がある。この時分の文人は現代のわれわれと違って、原稿料や印税をアテにした訳でもないし、小説を書くのを士大夫の恥と心得て匿名を用いたりしたくらいであるから、功名心に駈られたのでもないのに、それでいてあんなに無数の人物を捏造し、あんなに長たらしい筋を案出したことを思うと、私はこの人たちの倦むことを知らない空しい努力に寒気を覚える。日本の作家は彼らほどのあくどさがなく、風流味があり、やさしみがあって、そこに幾分の暖みが感ぜられるけれども、人生を描写するに方って、人間性の内面よりも外面の動きに注意を向け、個人々々を一つのユニット（単位）として、それらが醸し出す事件の波瀾の方へ重きを置いたことは軌を一にしている。それは小説道がまだ充分な発達を遂げず、作家の技巧が幼稚で単純だったのにも因るが、それにしても彼らの教養の中に東洋人特有なニヒリズムの素質があるために、無意識のうちに、人間の魂を無視して妖妄虚誕に婬する傾向を来たしたのではあるまいか。

いうまでもなく、荷風氏の「つゆのあとさき」は「水滸伝」や「紅楼夢」の如き尨大な空中楼閣でも放埒な妖妄虚誕でもない。雑誌へ載せられる読み切りの創作としては稀に見る大作であるけれども、先ず二百五十枚前後の中篇物で、筋は面白く組み立てであるが何処までも純正な写実小説であり、長さも適当にチマヂマと纏（まと）まっている。が、この作品には、今いったような作者の虚無的な冷酷さが、在来の日本物にも見られない程度に強く出ている。そうして作者のそういう態度が、女主人公の君江という廃頽（はいたい）した女性を描くのに甚だよく調和している。つまり作者の心境と作者の描かんとする人物のそれとがピッタリ合った感じである。しかも作者は君江の性格や感覚の内部にまで立ち入っているのではない。その時その時の言語動作に附随する心持の説明はあるけれども、心理描写という所まで突っ込んではいない。作者はやはり客観の立場を守って、君江という女性を人形の如く冷めたく突っ放して書いているのだが、人形と使い手との意気が合っているために、手を振り足を動かすだけでその人形に感情や気持までが賦与されている。なおまた、荷風氏の筆が昔よりも干涸（ひか）らびて潤いがなくなっているのが、この作品ではかえって冷酷味を助ける効果を上げて、そのそっけない乾いた書きぶりが一種の凄味（すごみ）を添えている。実際、二十年前にはあんなにつやつやと脂（あぶら）ッ気のあったこの作者の文章は、いつの間にか非常に変って、今ではところどころ正宗白鳥（まさむねはくちょう）氏を思い出させるまでに無愛想になっているのだ。この、両極端に立っていたはずの二人の巨匠の文体が何処となく接近して来た一事を思っても、私は時の推移に対してそぞろに感慨を催さざるを得ない。

○

ここでちょっと私交上のことをいわしてもらうのだが、私は実は、近年信書の往復はしているけれども、従来殆ど荷風氏とは親しく交際したことがない。それというのが、青年の頃、自分の最も敬慕するこの先輩が思いがけなくも自分の書いた物をいち早く認めて下すって、『三田文学』の誌上で過分な讃辞を賜わったために、はにかみやの私はかえってこの人に近づきにくくされたのであった。そこへ持って来て荷風氏の方も余り友人を作るのを好まれない風が見えた。まあそんな訳で、最近にお目に懸ったのが既に八、九年も前であるから、私は、氏の生活ぶりについて何も知るところがないのである。唯、大正九年か十年頃に「雨瀟瀟」を読んだ時は、氏の孤独陰惨な境涯をお察しして思わず慄然とした。今原文を引くことは出来ないが、あの中に、「詩興湧き出ずる日は聊か慰むる術もあるけれども、そうでない時は蕭殺たる心情の遣り場がない」という意味の語があって、当時私は、家庭の事情から自分もあるいは孤独生活に入るのではないかと思われたので、四十過ぎてのそういう佗びしい遣る瀬ない独身男の哀れさを、人事ならず身に沁みて読んだ。私はいつも、荷風氏のように妻もなく、子もなく、友人もなく、ときどき気の合った茶飲み相手を拵えるぐらいで、全くの独りぼっちで暮らしていたら、それこそ心行くまで創作に耽ることも出来、花鳥風月を楽しむ余裕も出来て、さぞしんみりと落ち着いた気持になれるであろう、芸術家の生活はああでなければいけないと、遠くから氏の身の上を眺めては羨やんでいたものであったが、なるほどそれも「詩興湧き出ずる」ことを勘定に入れての想像であって、ひとたび創作熱が衰え、芸術的感興が涸渇してしまったら、老境に及んでの鰥寡孤独な生活ほどみじめなものはないであろう。尤も、盛んなる体力と飽くことを知らぬ情慾とがあればまた紛れる道もあるが、日本の文人はこの方面において西洋人ほど強靱でなく、じきに疲れたり覚めたりする。だから若い時分には享楽主義だの耽美派だのといっていても、早くも肉体の秋が訪れる年齢になれば、自ら芸術に対するその人の態度にも変化が生じないではいない。思うに荷風氏は、長い間心境索落たる孤独地獄の泥沼に落ち込んで、苦しく味気ないやもめ暮らしの月日を送りつつあるうちに、いつか青年時代の詩や夢や覇気や情熱やを擦り減らしてしまって、次第に人生を冷眼に見るようになられたのであろう。享楽主義者が享楽に疲れるようになれば、大概はニヒリストになるのが落ちであるが、氏もかくの如くにしてその当然の経路を辿られたかと思われる。

ただ、私が驚くのは、長年月の寂寞と空虚とにかなり心身を荒ませたらしい氏が、今日もなおこういう丹念な労作をコツコツと続けられることである。氏はわれわれと同じく現代の作家の一人であるけれども、われわれのように原稿料に依食する人でない。また今更文壇的功名心や野心に駆られるはずもない。もともと世を拗ねているのだから、恐らく世間の毀誉褒貶や批評家のいうことなどを眼中に置いてはいないであろう。とすると、氏もまた昔の支那の文人のように、退屈しのぎに人形細工をされたのであろうか。

　私はそこまで思い切って断言することを憚るけれども、この小説にも幾らかそういう気味合いがあるように感ずる。「芸術的感興なんて、もうそんなものは持ち合わせない。心理がどうだの性格がどうだのって、そんな面倒くさい詮索もイヤだ。己は唯自分の見た女や男を玩具の人形にして暇ッ潰しをするだけだ」と、作者がそういっているような気がする。しかもこの小説の面白味は作者のそういう無頓着な書き方に存する。偶然の出会いが多いことなども、一つには古い形式に対する愛着にも依るのだろうが、一つには、その方が筋を運ぶのに都合がいいので、多少不自然になろうがどうだろうがお構いなしにやってのけたという風に見える。だがそれでいて、長年の修練と琢磨の結果作者の客観の鏡が玲瓏と冴えているために、その前を去来する影像を明瞭に写し出している。努めずして物の形が表面へ映るように、筆が自然と描くものに随って〔したが〕いる。もうここまで来ると、感興だの創作熱だのと力み返るのが馬鹿々々しいかも知れない。あくびを噛〔か〕み殺しながらでも、遊び半分の手すさびでも、これだけのものが書ければ結構な訳である。

とにかく私は、この作者が最も肉慾的な婬蕩な物語を、最も脱俗超世間的な態度で書いているところに、——そして、何もむずかしい理窟をいわずに素直に平凡に書き流しているところに、——いかにも東洋の文人らしい面目を認める。勿論すべての作家にそうありたいと望むのではなく、私自身もそういう態度を取る者ではないが、しかし現今のような文壇にこういう作家のこういう作品もたまにはあって欲しいと思う。ぜんたいわれわれの伝統からいえば、小説というものはこの程度に人間の動きを写せばいい訳なのだ。少くともかくの如き作品に対しては、「性格が描けていない」とか「タイプだけしか出ていない」とかいう風にばかり見たがらないで、作者がいかに材料を扱っているか、その扱い方にも眼をつけるべきだ。芸術品の持ち味はどういう所にころがっているか分らないもので、何も性格を描くばかりが能ではない。大勢の人物を登場せしめてそれを書き分ける時なぞ、タイプだけ出ていれば沢山で、そう一人々々の性格まで書けるはずもなく、そんな必要もない。それにまた、もともとタイプ以上に人間が描けるかどうかも疑問である。西洋流に内部へ細かく掘り下げて行くのもいいが、そのためにかえってうそらしくなったり、独り合点になったり、イヤ味になったり、やにッ濃くなったりする嫌いがないでもない。昔の作家が人間を人形の距離にまで遠ざけ、あるいは全く機械の如く扱ったのも一理があると考えられる。

○

書き方に愛想がないといえば、この小説の始めの部分、（一）と（二）のあたりは最もそれが甚しい。

「こいつ。ひどいぞ。」と矢さんは撲つまねをするはずみにテーブルの縁にあったサイダアの壜を倒す。四、五人の女給は一度に声を揚げて椅子から飛び退き、長い袂をかかえるばかりか、テーブルから床に滴る飛沫をよける用心にと裾まで摘み上げるものもある。君江は自分の事から起った騒ぎに拠所なく、雑巾を持って来て袂の先を口に啣えながら、テーブルを拭いている中、新しく上って来た二、三人連の客。いらっしゃいましと大年増の蝶子が出迎えて「番先はどなた。」と客の注文をきくより先に当番の女給を呼ぶ金切声。……

と、先ずこういった風な調子で、君江が朝起きてから日比谷の売卜者を訪ねて、数寄屋橋で朋輩の女給に遇い、それから勤め先のカフェエへ行くところ、次にはそのカフェエにおける女給や客の動作などを、たとえば或る女給が拾円紙幣を手に持って「お会計を願います」と帳場の前へ立ったとか、会計の女が伝票と剰銭を出したとか、何の意味もない細かいことを一々綿密に記している。それが、脚本の卜書きのような現在止めや名詞止めの多い文章で、古くは「浮世風呂」や「膝栗毛」、ずっと下っては「当世書生気質」などによく見る筆づかいなのである。作者のこういう文体は今度に始まったことではなく、この旧式な表現法になつかしみを感じておられるのであろうが、なんにしてもこの書き方でさしたる必要のないことまでも丹念に拾い上げて行くのだから、何処までこれが続くのかと、読んでいてちょっと不思議な気がする。作者のニヒリスティックな冷たさは、この辺で一番よく出ている。想像を逞しゅうすれば、作者は最初、疲労倦怠の気分をよく引き立てて強いて筆を執り、書いて行くうちにやや油が乗って来られたのかと思う。そのせいか冒頭の一、二回のところは、作者のそういう慵げな状態が読者にまで伝わって来るようである。それが地の文ばかりでなく、君江と松子との会話などにも感ぜられる。

しかし、文章は何処までも今いったような張り合いのない調子で続けられているのだが、四回目五回目あたりから、作者も読者も共にこの慵い状態から眼を覚まされる。殊に五回目へ来て急に舞台が一転し、六回目で再転するに及んで、テンポが漸く早くなり、経緯が複雑になり、話の糸がそれからそれへと分岐して思いがけない発展を遂げ、七回に至って最も波瀾重畳を極める。が、私は八回の鶴子の出発後、烈風と霧雨の中の夜の出来事を叙するところが、この物語中の圧巻であると思う。ここは芝居なら雨の中で舞台が二、三度廻って、銀座のカフェエにおける清岡と村岡、蕎麦屋の前の君江との出遇い、津の守坂下の自動車の災難という工合に目先が変って行くところだが、小説でも昔はこういう書き方が流行ったものだった。今も髷物の大衆小説には用いられているだろうが、現代物の芸術小説にこれを見ることは実に久しぶりで、なつかしいような気がする。それに、鶴子のあわただしい出発のあとへ天候の激変を巧みに使って、次々に事件を突発せしめ、物騒がしい風雨の声が聞えるような感じを与える。私は風と雨の少い関西にいるせいか、かかる叙景を読むと、いかにもそれが晩春から初夏へかけての東京の夜らしく、かつて東京に住んでいた頃のそういう夜の記憶を幾つも想い浮かべるのである。

　君江を載せていた運転手が突然彼女を口説く前後は、実験者から聞いた話でもあるのか、あるいは作者の思いつきか、いずれにしてもいかにもありそうによく出来ている。ここへ来て君江というものが一層はっきりと読者の眼に映り、この小説の凄味が一段と加わる。かつまた、ここで作者が最も光っている。早くゾラの影響を脱し、日本の自然主義に反抗した作者ではあるが、さすがにこういうところへ来ると仏蘭西仕込みの下地が見え、フローベルやモウパッサンを思い出させるものがある。私は夙に、日本の自然主義作家の眼界が狭く、題材が貧しく、色彩と変化が乏しいのに不満を抱いていたものだが、けだしこれなぞはモウパッサン流の自然主義に最も近い作品であろう。日本の自然主義が衰えて十何年かの後に、荷風氏に依ってかくの如き作品が発表されたのは甚だ皮肉である。

○

いったい私は、自分が代々の東京人であるにもかかわらず、東京というところを余り好ましく思わない。東京人には故郷がないといわれるが、私のように下町で生れた人間は、その下町が全く形態を改めてしまった今日となっては、猶更愛着がない訳である。尤も私の東京嫌いは震災以前からのことなので、復興後の昨今は、たまに行って見るとさすがに近代都市の美観を感ずるけれども、しかし何となく埃ッぽい、落ち着きのない、カサカサした空気は相変らずである。道路や建築がいくら立派になっても、市民の間に潑剌とした復興気分らしいものは認められず、往来で行き遇う人が皆血色の悪い青い顔をしているか、狼のようなトゲトゲしい眼つきをしてソワソワしている。そして忙しそうに見えるのも、希望があって働いているのではなく、一般に人心が荒んで、絶望的に齷齪しているのである。けだし日本全体の現下の人気がそうなっているので、それが政治の中心地だけに一層濃く現れているのでもあろう。ところで「つゆのあとさき」には、そういう東京のローカルカラーが実によく出ている。ここに描かれている女給群や、二階貸しをしている婆さんや、売卜者や、運転手や、清岡を取り巻く有象無象や、その他の有閑階級の紳士連や、それらはいずれもほんのちょっとしか顔を出していないのだが、いかにも東京によくあるタイプの人々であって、僅か二、三行の説明を読んでも直ちにその顔つきや声音が想像されるのである。こういうことは親しく東京に住んでいる者にはかえって気がつかないであろうが、私のように東京を知って東京を離れていると、それがよく分る。一人々々を取り立ててみてはさほどでもないけれども、各方面の東京タイプの代表者ともいうべきものをこうまで集めて見せられると、東京の埃ッぽい風の匂を嗅がされるような気がする。

　私はこれを読んで心づいたことだが、現在日本の小説家の九割までは東京に住み、現代に材を取る場合には殆ど東京を舞台としながら、いまだかつて東京の地方色を意識的に描いたものを見たことがない。多くの作家は、それぞれ別にテーマを持ち、目的を持っているので、適当の距離からこの大都会を見渡す余裕もなく、またそんな興味も感じていないのであろうが、それにしても文学史上に我が昭和時代の東京を記念すべき世相史、風俗史とでもいうべき作品が一つぐらいはあってもよかろうし、むずかしくいえば東京に住む文人の義務でもあろう。私はそういう点でも「つゆのあとさき」に異色を認める。荷風氏はこの小説で人事を描くばかりでなく、明かに意識して東京の風物を写そうと努め、作者に最も馴染みの深い銀座界隈、牛込市ケ谷附近、外濠線の土手の景色などをしばしば繰り返して取り入れておられる。

あまりいつまでも同じところに立ってもいられないので、君江は考え考え見附を越えると、公園になっている四番町の土手際に出たまま、電燈の下のベンチを見付けて腰をかけた。いつもその辺の夜学校から出て来て通り過る女にからかう学生もいないのは、大方日曜日か何かの故であろう。金網の垣を張った土手の真下と、水を隔てた堀端の道とには電車が絶えず往復しているが、その響の途絶える折々、暗い水面から貸ボートの静な櫂の音に雑って若い女の声が聞える。君江は毎年夏になって、貸ボートが夜ごとに賑かになるのを見ると、いつもきまって、京子の囲われていた小石川の家へ同居した当時の事を憶い出す。……

こういう風に、作者は第九回の終りの方で、君江に散歩をさせながら、新見附から市ケ谷見附に至る沿道を叙しておられる。私はあの濠に貸しボートのあることをこれで始めて知ったのだが、それにしても、近頃はいつも自動車で通り過ぎるばかりで、何年にもあの辺をゆっくり歩いたことがないので、このあたりの叙景など、真に久しぶりで東京の姿を見る心地がする。が、それよりも一層胸を打たれるのは、松崎という男が尾張町の四つ辻に彳んで銀座街頭の夜景を眺めるところ、――

松崎は法学博士の学位を持ち、もと木挽町辺にあった某省の高等官であったが、……麹町の屋敷から抱車で通勤したその当時、毎日目にした銀座通と、震災後も日に日に変って行く今日の光景とを比較すると、唯夢のようだというより外はない。夢のようだというのは、今日の羅馬人が羅馬の古都を思うような深刻な心持をいうのではない。寄席の見物人が手品師の技術を見るのと同じような軽い賛称の意を寓するに過ぎない。西洋文明を模倣した都市の光景もここに至れば驚異の極、何となく一種の悲哀を催さしめる。

云々という一節である。これなぞ四十以上の東京人があの四つ辻に立った時に誰しも抱く感慨であろう。作者はこれを第七回の波瀾を極めた場面と場面との間へ卒如として挿入している。事実、そういうあわただしい時に思いがけなく足をとめてこんな感慨を催すものである。その挿入のしかたが甚だ効果的で、読者の心を動かすように生かして使ってある。

○

そういえば、今引用した一節の直ぐ後の方に、——

……君江は同じ売笑婦でも従来の芸娼妓(げいしょうぎ)とは全く性質を異にしたもので、西洋の都会に蔓延(まんえん)している私娼と同型のものである。ああいう女が東京の市街に現れて来たのも、これを要するに時代の空気からだと思えば時勢の変遷ほど驚くべきものはない。翻って自分の身を省れば、……月日はそれから二十年あまり過ぎている。一時はあれほど喧(かしま)しく世の噂(うわさ)に上ったこの親爺(おやじ)が、今日泰然として銀座街頭のカッフェーに飲んでいても、誰一人これを知って怪しみ咎(とが)めるものもない。……そして人間の世は過去も将来もなく唯その日その日の苦楽が存するばかりで、毀誉(きよ)も褒貶(ほうへん)も共に深く意とするには及ばないような気がしてくる。果して然(しか)りとすれば、自分の生涯などはまず人間中の最(もっとも)幸福なるものと思わなければならない。年は六十になってなお病なく、二十の女給を捉えて世を憚(はばか)らず往々青年の如く相戯(あいたわむ)れて更に愧(はじ)る心さえない。この一事だけでもその幸福は遥(はるか)に王侯に優(まさ)る所があるだろうと、松崎博士は覚えず声を出して笑おうとした。

というところがある。この松崎という男は此処へちょっと出て来るだけで、重要な人物ではないが、思うにこの老紳士の述懐は幾分か作者自身のそれでもあるだろう。考えてみればこの作者ほど終始一貫して艶情小説に筆を染めている人も少い。昔は花やかに、今は冷やかに、「腕くらべ」では花柳界を、「つゆのあとさき」ではカフェエの女給を、時に依って書き方や題材は変って来たけれども、その描くところは常に婬蕩なる男女の痴情の世界である。そうして、老来文章が枯淡の味を帯びると共に、話の筋はますます婬蕩の度を加え、仏蘭西小説や支那小説のあくどさには及ぶべくもないけれども、青年時代の詩的要素が失われたために、かえって変に実質的になって来ている。私はそこに、老シュニッツラアの作品に見るような一種のいやらしさをさえ感ずる。この小説の最後に川島という老人が現れて、君江の枕元(まくらもと)へ遺書を残して行く件(くだり)は、少しく拵(こしら)え過ぎたような嫌いがあるが、察するところ作者の冷めたく乾き切ったニヒリズムの底には、なお往年の享楽主義の搾(しぼ)り糟(かす)に似たものが滓(おり)の如く沈澱しているのであろう。

○

なおちょっと茲に附け加えておきたいのは、作家が老境に入るに従って自然と懐古趣味に傾き、その表現の形式等に殊更新様を避けて旧態を学ぶようになるのは多くの芸術家に見る所であって、独り荷風氏ばかりではないが、それにしてもそういう人たちの懐古趣味がせいぜい徳川末期、化政頃の戯作者の世界に止まって、それより古い時代に遡る者の少いのは何故であろう。何故彼らは江戸文学の狭い範囲にのみ跼蹐して、室町、慶長、元禄頃の上方文学の広い領域へ眼を付けようとしないのであろう。比較的近代の産物である江戸情調のみが特にそういう人たちに牽引力を及ぼすらしいのを私は不思議に思うのである。[6]

（原題「永井荷風氏の近業について」『改造』昭和六年十一月号）

『倚松庵随筆』（昭和七年四月刊）頭注

1　沙翁がいわゆる myriad-minded の作家だといわれるのは、その純客観的な作風に由来する。

2　また聞く所に依ると、氏は柳浪に師事される前に、某落語家の門に入ったことがあるという。

3　当時自然主義の横暴は、今から思うと想像の出来ないものがあって、泉鏡花氏の小説を出版しようとした某書肆が、彼らの或る団体から脅迫されたという一つ話があるくらいである。

4　単行本『腕くらべ』の奥附を見るに大正七年二月十三日その初版を春陽堂より発行している。しからば今日より既に十四年前のことになる。佐藤が私に一読をすすめたのは多分大正八年中のことであろう。

5　「雨瀟瀟」の発表されたのは、多分大正十年頃であっただろう。私はこれを小田原の寓居において、家庭の紛紜のあった当時に読んだ。（後段附録〈『倚松庵随筆』収録「佐藤春夫に与えて過去半生を語る書」を指す〉参照。）

6　私がこの批評を昨年十月の『改造』誌上へ発表してほどなく、荷風先生より珍しくも長文の来翰に接した。その後私はそれを額に表装して自分の書斎に掲げているが、独りで読むには惜しい内容でもあり格別先生の御迷惑にもなるまいと思うから左にそのところどころを披露してみよう。

「拝呈陳者いつもながら御健筆の段実に御羨しく存申候今日知人より貴下拙作の御批評改

造誌上に御掲載の由聞及び早速拝読致候こんな事を申候ては何となく自負らしく聞え恐縮に御座候へども御批評を読み心の底より満足致候実に知己の言とはこの事かと感謝致候作者苦心のある処を十分に了解せし批評とも申べきものかと実に心嬉しく存申候今日迄拙著の批評を致呉候人は随分有之候へども大方見当違にて褒貶いづれも作者の心には当り不申先は大向の下馬評にて有之候処今回貴兄の文は深く作者の心境に立入りての批評にて小生の未心付かぬ処をも指摘なされ大に啓発致候事も尠からず候女給の生活を筆にしたき考は数年前よりの事にて老友生田葵山君度々小生を激励し何でもよいから書いて見ろといはれ三年程前五、六枚程かいて見た事も有之候ひしがどうも興味が乗らず其儘に破棄致候此度のものはそれとは別物なれど作者の抱負は同様なり明治末年の狭斜の風俗を描きて腕くらべの一篇あれば昭和三、四年代の女給を主題となしたるもの拙著中に無之候てはどうも小説家たる責任を欠くやうな心持にて漸く彼の一篇を草し候次第なり五十歳を過ぎたる今日小生の芸術的興味を覚るは世態人心の変化する有様を見ることにて昔の戯作者のなしたる事と大差なく従つて思想上之といふ抱負も無御座候（中略）初より心理描写を避け唯表面の行動を写せばそれにて差閊なきものと思ひ居候此の如き婦人が時勢につれて現れ来りし逕路及父兄の生活又学校の教育等相互の関係等之等を仔細に記述するはかの小説の体裁等にては冗長となり読後の印象薄くなると存じ凡て断片的に唯現れたる事実をのみ列記する事に致し候この点 *Colette* の *Chéri* 又は *La Retraite Sentimentale* の如きものと同一の方法かと存候ゾラのやうに秩序正しく人の一生涯を描写するには別に他の法可有之然し小生には最早それだけの精力如何かと危み申候措辞用語の折々わざとらしく古臭く見え候は小生年齢と共に飜訳調なる現代語を嫌ひ候ため自然わざと古くさきやうに相成候例へば的の字を避けることまた悲しみ哀れみといふやうな無形名詞を文の主格にせざる事また英語のthat which の如きに相応する辞句を用ひざる事などこれは唯小生一家の嗜み(たしな)と思召(おぼしめ)され度候(中略)御批評一読大に力を得あまりに嬉しく存候まま乱筆所感を述候余は御上京の折御面晤(めんご)の節可申上候匆々(そうそう)」

本書は新潮文庫のために編まれた作品集である。
編集にあたり、次の書籍を参照した。

『荷風全集　第十六巻』（岩波書店）
『つゆのあとさき』（岩波文庫）
『つゆのあとさき』（新潮文庫）
『永井荷風　断腸亭東京だより』（河出書房新社）
『川端康成全集　第三十巻』（新潮社）
『谷崎潤一郎全集　第十六巻』（中央公論新社）
『谷崎潤一郎随筆集』篠田一士編（岩波文庫）

表記について

新潮文庫の文字表記については、原文を尊重するという見地に立ち、次のように方針を定めました。

一、旧仮名づかいで書かれた口語文の作品は、新仮名づかいに改める。
二、旧字体で書かれているものは、原則として新字体に改める。
三、難読と思われる語には振仮名をつける。
四、漢字表記の代名詞・副詞・接続詞等のうち、特定の語については仮名に改める。

本書は旧仮名づかいで書かれていたものを前記の方針により、現代仮名づかいに改めました。第四項に該当する語は次のようなものです。

恰も──→あたかも	彼の──→あの・かの	其の──→その
最少し──→もうすこし	能く──→よく	此の──→この
~彼も──→~かも	宛然──→さながら	鳥渡──→ちょっと

永井荷風著
ふらんす物語
二十世紀初頭のフランスに渡った、若き荷風の西洋体験を綴った小品集。独特な視野から西洋文化の伝統と風土の調和を看破している。

永井荷風著
濹東綺譚
小説の構想を練るため玉の井へ通う大江匡と、なじみの娼婦お雪。二人の交情と別離を描いて滅びゆく東京の風俗に愛着を寄せた名作。

川端康成著
雪国
温泉町の女、駒子の肌は白くなめらかだった。彼女に再び会うため島村が汽車に乗ると……。日本的な「美」を結晶化させた世界的名作。

川端康成著
伊豆の踊子
旧制高校生の私は、伊豆で美しい踊子に出会う。彼女との旅の先に待つのは――。若き日の屈託と瑞瑞しい恋を描く表題作など4編。

川端康成著
眠れる美女
毎日出版文化賞受賞
前後不覚に眠る裸形の美女を横たえ、周囲に真紅のビロードをめぐらす一室は、老人たちの秘密の逸楽の館であった――表題作等3編。

川端康成著
みずうみ
教師の銀平は、教え子の久子と密かに愛し合うようになるが……。「日本小説の最も注目すべき見事な達成」と評された衝撃的問題作。

川端康成著
少年
彼の指を、腕を、胸を、唇を愛着していた……。旧制中学の寄宿舎での「少年愛」を描き、川端文学の核に触れる知られざる名編。

谷崎潤一郎著
痴人の愛
主人公が見出し育てた美少女ナオミは、成熟するにつれて妖艶さを増し、ついに彼はその愛欲の虜となって、生活も荒廃していく……。

谷崎潤一郎著
刺青（しせい）・秘密
肌を刺されてもだえる人の姿に、いいしれぬ愉悦を感じる刺青師清吉が、宿願であった光輝く美女の背に蜘蛛を彫りおえたとき……。

谷崎潤一郎著
春琴抄
盲目の三味線師匠春琴に仕える佐助は、春琴と同じ暗闇の世界に入り同じ芸の道にいそしむことを願って、針で自分の両眼を突く……。

谷崎潤一郎著
蓼（たで）喰（く）う虫
性的不調和が原因で、互いの了解のもとに妻は新しい恋人と交際し、夫は売笑婦のもとに通う一組の夫婦の、奇妙な諦観を描き出す。

谷崎潤一郎著
細雪（ささめゆき）
毎日出版文化賞受賞（上・中・下）
大阪・船場の旧家を舞台に、四人姉妹がそれぞれに織りなすドラマと、さまざまな人間模様を関西独特の風俗の中に香り高く描く名作。

つゆのあとさき・カッフェー一夕話（いっせきわ）

新潮文庫　な-4-4

令和七年一月一日発行

著者　永井荷風（ながいかふう）

発行者　佐藤隆信

発行所　株式会社新潮社

郵便番号　一六二—八七一一
東京都新宿区矢来町七一
電話　編集部（〇三）三二六六—五四四〇
　　　読者係（〇三）三二六六—五一一一
https://www.shinchosha.co.jp

価格はカバーに表示してあります。

乱丁・落丁本は、ご面倒ですが小社読者係宛ご送付ください。送料小社負担にてお取替えいたします。

印刷・二晃印刷株式会社　製本・株式会社植木製本所

Printed in Japan

ISBN978-4-10-106910-4　C0193